Gudrun Chopin

Ich gehöre dazu

Geflüchtete und wir

mit einem Vorwort von Gudrun Pausewang

Impressum

Text und Umschlag:

Gudrun Chopin
Danziger Str. 9a
28790 Schwanewede

Druck: epubli - ein Service der neopubli GmbH, August 2018

Inhalt

**Jetzt ist die Zeit gekommen zu verstehen,
dass wir eine Menschheit auf einem Planeten sind.**

Der Dalai Lama in einem Interview mit Franz Alt,
Weser-Kurier, 14.1.2018

Vorwort der Autorin Gudrun Pausewang

Es ist nicht einfach, in der jetzigen Zeit, der Gegenwart, zu leben. Wir Menschen haben uns in den letzten Jahren so sehr vermehrt, dass man sich fragt:

Wann wird unsere Erde die gesamte Menschheit nicht mehr bewältigen können?

Sind wir nicht schon dort angelangt, wo viele Länder ihr Volk nicht mehr genügend schützen können?

Können viele Länder ihre Völker überhaupt noch sättigen? Können sie genügend Wasser auftreiben? Wo doch der Mensch ohne Wasser nicht leben kann!

Hat jedes Land Platz genug für sein Volk?

Und können die einzelnen Völker miteinander noch klarkommen?

Bringen sie sich gegenseitig, so eng nebeneinander, nicht in Existenznot?

Man kann durchaus verstehen, dass schon überlegt wird, ob es Planeten gibt, auf denen Menschen existieren können.
Und ob man Menschen dieser unserer Erde auf solche Himmelskörper transportieren kann.
Noch vor 50 Jahren hätte man diesen Witz nicht verstanden:

Zwei Himmelskörper begegnen sich.
Der eine fragt den anderen: „Nun, wie geht's?"
Der andere seufzt: „Ach, ich habe Mensch!"
Der erste winkt ab: „Das geht vorüber..."

Auch viele Wörter, die bisher in unserem Wortschatz mit Selbstverständlichkeit existiert haben, werden verschwinden, z.B. Staat und Grenze, Krieg und Frieden, Staatsangehörigkeit und Nationalität, Präsident und Partei.

Der Diplomatie wird größere Wichtigkeit beigemessen werden.

Und was wird mit den Geflüchteten passieren?
Es wird nicht mehr z.B. um Syrer und Afghanen in Deutschland und um Mexikaner in den USA gehen, sondern um Menschen, die für sich, aber vor allem für ihre Kinder und Enkel eine bessere Bleibe als die suchen, die sie in der Vergangenheit hatten.

Es wird keine Kriege mehr geben, weil sich die Menschheit keine Waffenlieferungen mehr leisten kann.
Und weil Kriege immer mit Tod zu tun haben.

Sie aber wollen leben! Vor allem wollen sie ihren Nachkommen ein erträgliches Leben ermöglichen!

In der ferneren Zukunft (die nur für uns fern ist) werden die Menschen, die den Mut haben, aufzubrechen

und eine Gegend zu suchen, in der sie und ihre Nachkommen noch satt werden, sich viel größerer Mühe unterwerfen müssen.
Egal, ob es sich dabei um ein zivilisiertes Land oder um eine bisher unkultivierte Gegend handelt.

Eins ist jedenfalls sicher: Nicht nur die Menschen, die sich von ihrer Heimat losgelöst haben, werden hart arbeiten müssen, um satt zu werden, sondern auch diejenigen, die nicht geflüchtet sind.

Bald werden die Europäer nicht mehr an ihrer hellen Haut zu erkennen sein, sondern an ihrer Milchkaffeefarbe.
Und es wird kein Unterschied mehr sein zwischen Flüchtlingen und Einheimischen.
Flüchtlinge werden Flüchtlinge unterrichten und Einheimische Einheimische.
Und der Mensch wird erst Mensch sein, dann lange nichts, und dann erst Deutscher oder Amerikaner.

Und die Enkel und Urenkel der Bürger von Schwanewede und von Afghanistan, Syrien und allen anderen Ländern, die sich in Schwanewede aufhalten, werden sehen, wie sie miteinander auskommen.
Hoffentlich menschlich!

Es gibt viele Familien in Schwanewede, die sich rührend um Geflüchtete bemühen. Und die möglichst viele Geflüchtete in ihren Ort aufnehmen und mit ihnen zusammenleben wollen, als hätten sie selber flüchten müssen. Viele von ihnen haben sich daran erinnert, dass auch sie selber eine Flucht hinter sich haben.

Nehmen wir uns ein Beispiel an diesen Einheimischen, die schon jetzt Menschen wie Menschen behandeln. Und die alles tun, um den Geflüchteten den Aufenthalt in Deutschland so zu gestalten, dass diese ihren Verwandten erzählen: „Hier geht's uns gut!"

11.1.2018

Gudrun Pausewang

Gudrun Pausewang, geb. 1928 in Böhmen, unterrichtete zwölf Jahre an deutschen Schulen in Südamerika und von 1972 bis 1989 in der Nähe von Fulda. Sie schrieb Bücher für Erwachsene, Kinder und Jugendliche. Die Autorin beschäftigt sich mit Problemen sozialer Ungerechtigkeit und setzt sich insbesondere für Umweltschutz und Frieden ein.

Die vier erfolgreichsten ihrer etwa 100 Bücher sind laut Wikipedia:

* Die Not der Familie Caldera (1977)
* Die letzten Kinder von Schewenborn (1983)
* Ich habe Hunger – ich habe Durst (1984)
* Die Wolke (1987)

Das eigentlich Wertvolle
ist im Grunde die Intuition.
Albert Einstein (1879 – 1955)

Meine Geschichte

Drei Tage nach meinem 67. Geburtstag wachte ich mit einem überraschenden Gedanken auf.

Seit 30 Jahren wollte ich ein Buch schreiben, und jetzt wusste ich plötzlich, wie ich es aufbauen und beginnen könnte. Auf diesen Moment hatte ich gewartet.

An diesem Morgen war mir klar:
Die Ordner mit meinen Gedichten können warten.
Ich schreibe Geschichten über die Menschen, die zu uns gekommen sind, weil ihnen das Leben in ihrer Heimat zu schwer geworden ist und sie bei uns Frieden und Zukunft erhoffen.
Ich schreibe mir von der Seele, was ich zurzeit erlebe, und prüfe, ob das, was ich in den vergangenen Jahren zu Papier gebracht habe, dazu passt.

1981 war ich Asylsuchenden in Schlichtbauten begegnet. Sie wohnten unter einfachsten Bedingungen am Ortsrand der Großgemeinde Schwanewede bei Bremen. Ich war bewegt und erzählte es weiter. Gemeinsam unternahmen wir einen Spaziergang zur Unterkunft der Geflüchteten. Im ev. Gemeindehaus traf sich unsere internationale Runde bei Tee und Gitarrenmusik. Dieser Nachmittag war für mich der Beginn der Ökumenischen Initiative für Flüchtlinge in Schwanewede.

Seitdem gehöre ich dazu.

Spät erst entdeckte ich, dass mein Engagement mit der Flucht meiner Eltern und Großeltern aus Stutthof bei Danzig und mit meiner Kindheit als „Flüchtlingskind" zusammenhängt.
Wenn meine Eltern von Kriegs- und Nachkriegszeit erzählten, hörte ich nur mit halbem Ohr hin.
Krieg war für mich mit einem sehr unheimlichen Gefühl verbunden. Ich wollte mir nicht vorstellen, was sie erlebt hatten.

Die Nachkriegszeit war von Armut und Unsicherheit geprägt.
Meine Eltern hatten nur einen einzigen Strampelanzug für mich, als ich am 11.11.1950 geboren wurde.
Sie versuchten in Zimmersrode, einem etwa eintausend Einwohner zählenden Dorf in Nordhessen, Fuß zu fassen. Dreimal mussten sie umziehen. Nicht immer fühlten sie sich erwünscht.

Als mein Großvater ein großes, altes Haus kaufen konnte, zogen meine Eltern mit ihren inzwischen drei Töchtern dort ein. Wir wohnten zu fünft in zwei Zimmern. Auch meine Großeltern hatten zwei Zimmer, vier weitere Zimmer waren mit zwei alleinste-

henden Personen und einem Ehepaar belegt, in drei Zimmern befand sich eine Zahnarztpraxis.
Wir lebten also auf Grund der allgemeinen Wohnungsnot beengt in dem weiträumigen Haus, hatten aber einen großen Garten.
Mein Großvater und mein Vater fanden Arbeit im Bergbau und unterhielten als Nebenerwerb eine kleine Landwirtschaft.

Als ich neun Jahre alt war, kam eine fremde Frau aus Amerika und schenkte uns eine schwarz-weiße Kuh. Wir nannten sie Alma.

Mein Vater, ich und die Kuh Alma

Zehn Jahre nach Ankunft in Zimmersrode bekamen meine Eltern also zur Unterstützung von einer Fremden ein großartiges Geschenk. Alma versorgte uns und Berliner Ferienkinder, die zur Erholung aufs Land eingeladen waren, mit frischer Milch. Gleichzeitig erleichterte sie die Feldarbeit.

Die Erinnerung an meine Kindheit als Nachkriegsgeborene stärkt meine Motivation, mich für geflüchtete Mitmenschen in meiner Umgebung einzusetzen. Wenn ich mir treu bleiben will, muss ich das mir Mögliche für ihr Ankommen in unserer Gesellschaft tun.

Dazu gehört es, die Ökumenische Flüchtlingsinitiative am Leben zu halten und zu versuchen, den Kreis der Ehrenamtlichen zu vergrößern.

Dazu gehört das Werben um Verständnis und das Bauen von Brücken.

Dazu gehört auch das Schreiben dieses Buches.

Ich gehöre dazu

Eine Gruppe für Schutzsuchende
in Schwanewede

Ich gehöre dazu
Menschen begegnen mir
Sie bleiben mir nicht fremd
Ich leide mit
wenn sie erzählen
von den Verhältnissen
in ihrem Land
Ich leide mit
wenn ich sehe
in unserem Land
sind sie
nicht erwünscht

Den Fremdling sollst du nicht bedrücken *

Ich gehöre dazu
zur Ökumenischen Initiative für Flüchtlinge
Menschen begegnen mir
Sie bleiben mir nicht fremd
Sie leiden mit

Einer trage des anderen Last **

Wir tragen sie zusammen
Manchmal wiegt sie zentnerschwer

Ich schaue in die Gesichter
und empfinde Freude
wenn ich sehe
andere setzen sich ein
ohne Wenn und Aber

*2. Mose 22,20, **Galater 6, 2

Es ist besser, man sagt:
hier floh er, als hier fiel er.
Aus Italien

Flucht aus Syrien

Am Sonntag, 2. August 2015, brachen Xhebat und Ahmed mit dem verwandten Ehepaar Magda und Thasen und dessen einjähriger Tochter Jinda auf.
Der Abschied aus Qamishli im Norden Syriens fiel besonders Xhebat schwer, denn seine Frau und seine beiden Söhne ließ er zurück.

Sechs weitere Männer aus dem Umkreis seiner kurdischen Familie versuchten direkt über die Grenze in die Türkei zu gelangen.

Mit dem Kind sollte der ungefährlichere Weg über Kobane in Nordsyrien genommen werden. Der erste Versuch, am 31. Juli nach Kobane zu gelangen, scheiterte. Sie wurden gewarnt, dort seien die ISIS.
Am 2. August wagten sie es erneut.
Unterwegs überall Krieg und Blut. Gegen 14.00 Uhr kamen sie in Kobane an, wo die kurdische Fahne wehte.

Gepäck konnten sie wegen des gefährlichen und anstrengenden Weges kaum mitnehmen. Xhebat hatte neben wenigen Kleidungsstücken sein englisches

Oxfordwörterbuch dabei. Das sollte ihm die Verständigung in der westlichen Welt erleichtern.

Die türkische Grenze überquerten sie an den Grenzkontrollen vorbei zu Fuß. Es war ein gefährliches Unternehmen. Rennen – warten – verstecken. Immer gemeinsam mit dem „Leader". Der kannte sich aus, hielt die etwa zwölfköpfige Gruppe zusammen.

Nur mit einem „Leader" ist solch ein Grenzübertritt möglich. Mit ihm handelt man zuvor einen Preis aus. „Leader" – bei uns auch Schlepper genannt – ist in Syrien ein lukrativer Job.

Gegen 23.00 Uhr erreichten sie die Türkei.
In der Türkei schliefen sie zum ersten Mal im Freien – ohne Unterlage, ohne Decke, die Schuhe als Kopfkissen. Das Kind wurde auf eine Jacke gelegt. Am Tag wurde es abwechselnd von Vater und Mutter getragen.

Mit dem Bus ging es weiter nach Istanbul. Sie hatten wenig Geld, schliefen zwanzig Tage im Freien, bis endlich der kleine Bus kam, der sie nach Edirne unweit der griechischen Grenze brachte. Als der „Leader" sie dort durch ein Sonnenblumenfeld führen wollte, wurden sie erwischt.
In Edirne kamen sie in ein Militärcamp. Sie schliefen erneut auf dem blanken Boden, wurden aber bald frei gelassen und fuhren etwa 250 km zurück nach Istan-

bul. Viel Geld mussten sie für diesen ärgerlichen Zwischenfall bezahlen.

Wieder schliefen sie in den Parks von Istanbul. Es gelang ihnen, einen Pauschalpreis von Istanbul nach Deutschland auszuhandeln.

Nach zehn Tagen war um Mitternacht das Warten auf Weiterkommen beendet. Erneut bewegten sie sich Richtung Edirne – in einem Minitransporter, 45 Personen dicht zusammengepfercht, einer über dem anderen sitzend.

Dann warteten sie irgendwo zwischen Edirne und Izmir auf die Überquerung des Meeres. Türkische Kontrollen beobachteten das Ufer von ihren Booten aus. Gegen 17.00 Uhr waren die Wellen so hoch, dass diese das Ufer verließen.

Das war die Stunde für die Flüchtlinge.
44 Personen stiegen in ein schwarzes Schlauchboot.
In der Mitte der See schlugen die Wellen über ihnen zusammen. Sie dachten, dass ihr Leben beendet sei. Fünfmal setzte der Motor aus, zwei Stunden etwa dauerte die Überfahrt. Drei Personen schöpften ständig Wasser, es stand ihnen bis zu den Knien.

Am 2. September um 8.00 Uhr morgens erreichten sie Griechenland, klitschnass und frierend. Sie wollten ein Feuer anzünden, es wurde ihnen verboten.

Sie zogen ihre nassen Sachen aus, ließen sie in der Sonne trocknen. Die griechische Insel Lesbos, auf der sie gelandet waren, mussten sie noch am gleichen Tag von Süden nach Norden durchqueren.

70 km! Dreizehn Stunden Fußmarsch ohne Halt. Sie befreiten sich vom letzten Gepäck. Xhebat musste sich von seinem geliebten Oxford-Wörterbuch trennen. Es war völlig durchnässt.
Mutter und Kind durften mit dem Bus fahren.

Um ca. 23 Uhr kamen sie im Norden der Insel an – die Füße dick geschwollen – eine Stunde vor Mitternacht, dem äußersten zeitlichen Limit, das so angeordnet worden war.
Unterwegs hatten sich die Familienmitglieder verloren. In der Nacht schliefen sie dennoch schwer wie Steine unter freiem Himmel.
Am nächsten Tag fanden sie sich wieder.

Sieben Tage mussten sie auf der Insel ausharren – ohne Dusche und ohne Kleidung zum Wechseln. Das Essen war teuer. Sie aßen wenig. Tag und Nacht verbrachten sie im Freien. Sie schliefen unter Bäumen.

Ab Mittwoch, 9. September, ging es weiter. Sie stiegen auf eine Fähre nach Athen.
Einige Fotos auf dem Smartphone erinnern an die Überfahrt im Sonnenlicht.
Von Athen fuhren sie am gleichen Abend mit dem Bus nach Thessaloniki und von dort ebenfalls mit

dem Bus Richtung Mazedonien. Über die Grenze kamen sie zu Fuß.

Von Mazedonien aus brachte sie ein Bus in die serbische Hauptstadt Belgrad. Dort konnten sie dank UN- und DRK-Hilfe duschen und erhielten saubere Kleidung.

Doch sie hatten auch Angst vor der Aufforderung, ihren Fingerabdruck abgeben zu müssen. Es hatte sich herumgesprochen: Wer in einem europäischen Land registriert wird, kann dorthin zurückgeschickt werden.

In einem kleinen Auto ging es weiter nach Ungarn. An der ungarischen Grenze patrouillierten Soldaten, die für die Registrierung sorgen sollten. Bei Regen und Wind schlichen sich die Fliehenden in einem Feld an den Soldaten vorbei.

In Budapest halfen ihnen einige Christen, ein Zugticket zu bekommen. Mit dem Zug fuhren sie zur österreichischen Grenze, die sie zu Fuß überquerten. Ein Bus brachte sie zu einem kleinen Hotel, wo sie übernachteten.

Am nächsten Morgen stiegen sie in einen Zug und kamen nach Deutschland.
In München empfingen sie freundliche Menschen und hießen sie willkommen. Sie bekamen Trinken,

Essen, Kleidung. Trotz aller Erschöpfung fühlten sie sich erleichtert.
Weiter ging es mit dem Zug in das Erstaufnahmelager in Bramsche bei Osnabrück. Weil die kleine Jinda krank war, meldeten sie sich bei dem Leiter der Einrichtung.
Vielleicht wurden sie deshalb schon zwei Tage später nach Schwanewede bei Bremen gebracht.

Am 16. September bekamen sie zwei Zimmer in dem gerade erst eingerichteten Notaufnahmelager in Schwanewede.
Sie durften das Lager bereits am 22. Dezember verlassen und noch vor Weihnachten in ein Haus in Schwanewede ziehen, zusammen mit den sechs Männern aus ihrem Verwandtenkreis, die zur gleichen Zeit geflohen waren.

Fast zwei Jahre später konnte Xhebat seine Frau und seine beiden Söhne nach sehnsüchtigem Warten und viel Kopfzerbrechen endlich wieder in die Arme nehmen.
Er hatte den Flüchtlingsstatus erhalten und durfte seine Familie nachkommen lassen. Gefährliche Grenzübertritte aus Syrien blieben seiner Frau und seinen Kindern dennoch nicht erspart.

Die Familie wollte dem Krieg entfliehen und in einem friedlichen Land zusammen leben. Nach vielen Strapazen hat sie es geschafft.

Man hört nur die Fragen,
auf welche man im Stande ist,
eine Antwort zu finden.
Friedrich Wilhelm Nietzsche (1844 - 1900)

Erster Deutschunterricht

Xhebat begegnete mir am 19. September 2015, drei Tage nach seiner Ankunft in Schwanewede.

Ich wollte mit dem Rad zum Markt fahren, stoppte an einer Bushaltestelle. Dort sah ich einen bereits seit vielen Jahren in Schwanewede lebenden älteren Syrer im Gespräch mit Flüchtlingen aus der auf dem Kasernengelände neu eingerichteten Notaufnahme. Ich war erleichtert, dass die Syrer sich offensichtlich untereinander halfen. Meine Freude darüber sah man mir wohl an.

Einer trat aus der Männergruppe hervor, sprach mich an: „We want to learn German. We are eleven."
Bis eben noch dachte ich: „Um die Flüchtlinge in der Kaserne müssen sich andere kümmern. Wir haben genug zu tun mit denen, die uns zugewiesen wurden und bereits Wohnungen in Schwanewede gefunden haben."
Jetzt bat ich jedoch in meiner Überraschung und Hilflosigkeit um eine Telefonnummer. Wir fanden

keinen Stift, kein Papier. Xhebat lief zur nächstgelegenen Apotheke, dort bekam er beides.
Er schrieb seine Telefonnummer auf ein kleines Stück Papier. Seine Entschlossenheit bewegte mich.

Auf dem Marktplatz war der lautstarke Stand der AfD mit Megaphon und Plakat nicht zu übersehen und zu überhören. „Gegen Asylmissbrauch“, lautete die Parole. Ich war befremdet. Eine solche Stimmung hatte ich bisher nicht erlebt. Zum Glück kam mir ein Marktbesucher entgegen: weiße Haare, engagiert in der NS-Gedenkstättenarbeit, freundlich und besonnen. Ohne zu wissen wie, befanden Harald Grote und ich uns mitten im Gespräch.
Ich erzählte ihm von der Begegnung mit dem Syrer aus der Kaserne.

Zwei Stunden später rief er mich an: „Meine Frau und ich übernehmen den Deutschunterricht, zweimal in der Woche. Wo?“

Wo? Das wusste ich auch nicht. Alles war ja so neu!

Erst am 4. September 2015 hatten wir aus der Zeitung erfahren, dass Schwanewede 1.000 Flüchtlinge erwarte. Die frei gewordenen Kaserne sollte in Windeseile in eine Notaufnahme umgewandelt werden.

Am 14. September trafen die ersten Flüchtlinge ein. Viel Neues kam da auf Schwanewede mit seinen etwa 20.000 Einwohnern zu. Ängste waren damit verbunden und Abgrenzungsversuche.

Träger der Notaufnahmeeinrichtung war das Deutsche Rote Kreuz. Die Menschen wurden registriert und bekamen Unterkunft, Mahlzeiten und Kleidung. Auch ein ärztlicher Gesundheitscheck war vorgesehen.

Angst vor Krankheiten wurde dennoch geäußert. Was kann man alles von der Flucht mitbringen?

Wie sollte jemand bei so viel Unsicherheit möglichst schnell einen Unterrichtsraum bereitstellen?

Acht Tage später saß ich nach dem sonntäglichen Gottesdienst mit Christian, einem unserer Pastoren, beim Kirchencafé. Ein unbekannter Mann kam auf uns zu.
Er hatte als erster Syrer den Weg zu unserem Gottesdienst gefunden.
Er sprach kein Deutsch und kein Englisch. Aber wir verstanden. Er nannte seinen Namen und seinen Herkunftsort: Jussuf aus Damaskus.

Josef. Damaskus. Da klingelt es in christlich geprägten Ohren.

Auch Jussuf wollte Deutsch lernen.
Unser Pastor hatte keinerlei Bedenken. Deutschunterricht könne sofort im Gemeindehaus beginnen.

Ich hätte ihm um den Hals fallen können.
Eine so unbürokratische Entscheidung hatte ich nicht erwartet.
Jetzt kam die Telefonnummer zum Einsatz. Xhebat erhielt eine SMS, wir trafen uns an unserem „Meetingpoint“, der Bushaltestelle.
Ich zeigte ihm und den anderen Männern aus seiner Familie das Gemeindehaus.
Dort fiel ihm ein Bild von Martin Luther auf.
Als Geschichtslehrer gingen Xhebat die Augen über.
„Martin Luther! Do you like him?“
Auf solch eine Frage war ich nicht gefasst.
Der Syrer: „I like him.“

Am Dienstag, 29. September, fand im Gemeindehaus der erste Deutschunterricht für die neuen Flüchtlinge aus Schwanewede statt.

Dank einer mutig gestellten Frage.
Dank überraschender Gespräche.
Dank schneller Entscheidungen.

Viele kamen, um die neue Sprache zu lernen.
Es war ein verheißungsvoller Anfang.

Sich einlassen können
auf andere
heißt
keine Angst haben
vor sich selbst
Gudrun Chopin

Silvester ganz anders

31. Dezember 2015.
Wir feiern ein ganz außergewöhnliches Silvester, obwohl unser Silvester seit der Jahrtausendwende jedes Jahr ein besonderes ist. Immer lassen wir uns überraschen, weil kommen kann, wer möchte.
Alle sind eingeladen zum gemeinsamen Abendessen am Kaminfeuer im Küsterhaus und zu einem Gebet in der weihnachtlich geschmückten Kirche.

Diesmal ist der Ablauf der gleiche, und doch läuft alles anders. Der Kamin funktioniert nicht. Rauch verteilt sich im ganzen Raum. Fenster und Türen werden aufgerissen, zum Glück ist es draußen eher mild. Wir haben einen freien Blick auf Straßen und Häuser.
Am Feuer spüren wir Wärme, und doch frieren wir immer wieder. Wir entscheiden: das Feuer bleibt, auch wenn es qualmt.
Durch die geöffnete Tür kommen nach und nach die Gäste, auch syrische.

Die syrischen Männer verziehen das Gesicht, halten die Nase zu.
Der Qualm, der in der Luft hängt, der Geruch des Feuers... Welche Erinnerungen steigen da in ihnen auf?
Sie bleiben dennoch. Hier fühlen sie Sicherheit.
Ich schließe Fenster und Türen. Sie reißen sie wieder auf. Ein Hauch von Surrealität liegt über diesem Beisammensein.

Wir bilden einen Halbkreis vor dem Kaminfeuer: siebzehn Personen, neun Deutsche, acht Syrer, die erst seit wenigen Wochen in Schwanewede leben.

Wir teilen miteinander, was uns im vergangenen Jahr wichtig war, was wir uns für das neue Jahr erhoffen.
Auch bei uns Deutschen gibt es zerbrochene Träume.
Die Männer aus Syrien machen keine großen Worte, doch jedes Wort kommt an.

Wir sind betroffen. Weltgeschichte ganz nah.

Der Rauch lässt sich nicht vertreiben. Beim Essen an einem langen Tisch nehmen auch Menschen in Syrien per Skype an unserer Feier teil.
Ein Jugendlicher in Syrien begrüßt uns mit einem Herzen, das er aus Daumen und Zeigefingern formt.
In Syrien kennen sie dieses Zeichen also auch!

Ohne Worte geschieht viel.

Anschließend setzen wir uns erneut an das lodernde Kaminfeuer und hören die Jahreslosung 2016 aus Jesaja 66,16.
„Gott spricht: Ich will euch trösten, wie einen seine Mutter tröstet."
Ein mütterlicher Gott, der Trost verspricht, wie passend für unsere Runde.
Die Syrer mussten ihre Mütter zurücklassen und Abschied nehmen.
Was das für die betroffenen Mütter und Söhne bedeutet, möchten wir uns lieber nicht vorstellen.

Das Gebet der Mütter gibt Kraft. Auch darüber sprechen wir. Es trägt durch Tiefen und Höhen und kann auf den richtigen Weg führen. Es verleiht Stärke, die vor dem Untergehen in einer lebensbedrohlichen Situation bewahren kann.
So erlebte es einer der Syrer. In der Nacht, bevor er sich auf das Schlauchboot begab, träumte er von seiner Mutter. Sie sagte ihm: „Go! Du wirst ankommen!"
Er erinnert dies mit aufsteigenden Tränen und voller Dankbarkeit.

Wenn ich mich bei der Begegnung mit Geflüchteten aus den verschiedensten Krisengebieten der Welt überfordert fühle, gibt auch mir der Gedanke an meine Mutter Auftrieb. Sie floh mit ihren zwei jüngeren Schwestern im Winter 1945 über die Ostsee nach Dänemark und lebte dort im Flüchtlingslager.

Manchmal erzählte meine Mutter, dass sie trotz ihrer als zu gering empfundenen Schulbildung für einige Wochen Lehrerin im Lager war.
Aus wenig konnte sie viel machen.
Warum sollte das nicht auch den Geflüchteten von heute gelingen?

Als ich das erst Mal das Wort „Camp" aus dem Mund eines Geflüchteten in der Notaufnahme hörte, begriff ich, dass sich für mich ein Stück Geschichte wiederholte.
Das ist es also, was wir vor der Haustür haben: ein „camp for refugees", ein Flüchtlingslager!
Meine Mutter und ihre Schwestern hatten Ähnliches erlebt.

Nach dem Austausch über die Jahreslosung begeben wir uns in die Kirche neben dem Küsterhaus.
Weitere Gäste kommen.

Die Anwesenden stellen Teelichter vor den Altar. Eine aus Lindenholz geschnitzte Maria mit ausgebreitetem Mantel, der zahlreichen Menschen Schutz bietet, zieht so manchen Blick auf sich.

Die Fürbitten sind intensiv. Wir sprechen englisch, deutsch, kurdisch und arabisch.
„Please, no more war in Syria."
Diese Bitte füllt den Raum.

Wir singen das immer wieder passende Lied von Dietrich Bonhoeffer „Von guten Mächten wunderbar geborgen, erwarten wir getrost, was kommen mag“.
Die Glocken läuten. Das Jahr 2016 beginnt.

Wir wünschen uns Frieden und umarmen uns.
Draußen fällt mein Blick zuerst auf das Sternbild „Orion“, den Himmelsstürmer.
ORION – so hieß die Fähre, auf der meine Mutter und ihre beiden Schwestern im Winter 1945 über das eisige Wasser der Ostsee flohen und sicher ankamen.
DANKE!

Gemeinsam erleben wir Wunderkerzen und Feuerwerk und stoßen dann im Küsterhaus auf das neue Jahr an.
Der Qualm hängt immer noch in der Luft, die Türen stehen offen, die Tränen sind weggewischt.

Bilder wachen auf

Menschen fliehen.
Täglich sehen wir es.
Wir können nicht wegschauen.

Viele erinnern sich
Sie sind selbst geflohen
Andere haben von Flucht gehört
hautnah – wie ich von Eltern und Großeltern –

Bilder wachen auf.
Bilder von Angst
        Entbehrung
        verloren gegangener Hoffnung
Bilder von Unsicherheit und Neubeginn

Menschen fliehen.
Heute.
Manche verschlägt es zu uns.
Jetzt leben sie hier:
Menschen aus Afghanistan, Syrien, Afrika, dem Irak
und den Balkanländern
Jesidische Kurden, Moslems, Christen
Sie suchen ein besseres Leben.
Schutz.

Was erwartet sie?
                Das bleibt offen…
Wer kann bleiben?
                ??????? Alle hoffen!

Glaube ist der Vogel,
welcher singt,
wenn die Nacht noch dunkel ist.
Rabindranath Tagore (1861 - 1941)

Kerzen für Maria

20.00 Uhr. Taizé-Gebet in der katholischen Kirche St. Ansgar wie an fast jedem Freitag. Werden wir heute zu dritt sein oder zu sechst oder siebt?
Oder mehr?

Manchmal kommen syrische Frauen, jesidische Kurdinnen. Ihre Zuflucht ist Maria.
Sie zünden eine Kerze nach der anderen an. Jede Kerze ist ein Licht gegen die Hoffnungslosigkeit.
Über syrische Fernsehkanäle flimmern täglich Bilder aus der Heimat in ihre Wohnzimmer: Brände, Zerstörungen, Verletzte und Tote. Dort wohnen Freunde und Verwandte. Das muss ertragen werden.
Auch Maria hat ertragen, was verstandesmäßig kaum zu ertragen ist.

Heute haben sich kurdische Frauen und Kinder, darunter eine 85-jährige Großmutter, in der Kirche eingefunden. Die sehr alt wirkende Frau trägt ihr traditionelles kurdisches Gewand, das kaum für unsere Wetterverhältnisse geeignet ist. Müde setzt sie sich in eine Kirchenbank. Für sie ist das ungewohnt, denn in ihrer Familie sitzt sie wie auch früher in ihrer kurdischen Heimat auf einer dünnen Matte auf dem Boden.

Wir singen bewusst Taizé-Lieder mit sehr wenigen Worten. Die kurze Bibelstelle, die auch in der Kirche der Klostergemeinschaft von Taizé beim Mittagsgebet gelesen wird, handelt von unzerstörbarer Hoffnung, sogar dann, wenn alles offensichtlich dagegen spricht. Die Enkelin übersetzt dies der Großmutter.

Im anschließenden Schweigen treffen sich alle Sprachen.

Im Fürbittengebet können Dank und Bitte ausgesprochen werden, in welcher Sprache auch immer.
Die alte Frau beginnt zu beten. Mehrmals hören wir die voller Wärme ausgesprochene Anrede „Isai“.
Damit ist Jesus gemeint.

Beim „Vater unser“ reichen wir uns die Hände.
Nach dem Segen ein letztes Lied, dann verabschieden wir uns.

Fasziniert schaue ich in das Gesicht der kurdischen Großmutter. Es leuchtet.
Sie strömt über vor Dankbarkeit.

Das Leben ist ein Traum,
verwirkliche ihn.
Das Leben ist eine Herausforderung,
nimm sie an.
Mutter Teresa (1910 – 1997)

Begrenzter Schutz

Als Yasser Ende Oktober 2016 die Nachricht erhält, dass ihm als syrischer Arzt keine Flüchtlingseigenschaft, sondern nur der subsidiäre Schutz von einem Jahr zuerkannt wird, ist er am Boden zerstört. Er hatte nach seiner Anhörung beim BAMF in Oldenburg den Eindruck, dass er genug Fluchtgründe vorgetragen habe, weil man nicht alles von ihm wissen wollte. Vieles blieb unausgesprochen. Der Dolmetscher sagte ihm: „Es ist genug", oder er wechselte die Fragen.

Yasser hatte das Gefühl, es sei nicht genug Zeit vorhanden, weil viele Leute auf ein Interview warteten. Deshalb verzichtete er auch auf die Übersetzung des Protokolls.
Er dachte, wenn sein Interview noch mehr Zeit koste, sei das nicht gut für die Entscheidung.

Yasser und ich verabreden uns, damit er sagen kann, was nicht gesagt wurde. Er lässt mich Anteil nehmen an seinem Schicksal.

Yasser erzählt:

„Ich lebe mit sehr schlechten Erinnerungen an die letzten Jahre in Syrien. Für das neue Leben in Deutschland brauche ich Hoffnung, eine Chance.
Ich habe meine Zukunft in Syrien verlassen.
Ich habe viele Fluchtgründe, viel erlebt.

Den Wunsch, Arzt zu werden, habe ich meinem Vater zu verdanken. Er sagte: ‚Du musst lernen' und half mir dabei.
Er arbeitete in einem Krankenhaus am Empfang, nahm mich häufig mit und stellte mich dem Krankenhauspersonal als seinen Sohn vor.
Ich sah die Ärzte und wollte auch Arzt werden.

Mein Studium dauerte neun Jahre lang, weil ich mehrere Jahre nebenbei arbeiten musste, um es zu finanzieren. Doch ich habe immer alles geschafft.
Auch deshalb fühle ich mich durch die Entscheidung des BAMF so verletzt.
Es kommt mir so vor, als sei alles abgebrochen.

Vielleicht sagen sie mir, wenn ich mich in einem Krankenhaus vorstelle: ‚Oh, Sie haben nur einen Schutz für ein Jahr. Unter diesen Bedingungen können Sie hier nicht arbeiten.'

Für meine Psyche ist die Entscheidung des Bundesamtes sehr schlecht, denn ich verstehe die Gründe nicht. Alle syrischen Freunde, die mein Leben in

Syrien kennen, wundern sich über diese Entscheidung,

Im Moment habe ich keine Motivation für weitere Schritte.

In Damaskus führte ich ein Leben in ständiger Angst. Die Geheimpolizei oder die Armee konnte mich jeden Moment ergreifen, weil ich wehrpflichtig bin. Die Kämpfer des IS waren in der Nähe von uns.

Ich wollte nicht in der Armee kämpfen. Ich kann doch nicht töten. Lieber töte ich mich selbst. Ich bin Arzt und möchte Leben retten.
In Damaskus habe ich ungefähr zwei Jahre lang im Krankenhaus gearbeitet.

Während einer Nachtschicht habe ich einen schwer verletzten Mann behandelt, der von zwei bewaffneten Männern begleitet wurde. Die Männer sagten mir, er müsse nicht behandelt werden, denn er sei ein Terrorist. Ich könne ihm eine Spritze geben und ihn töten. Der Verletzte hatte starke Bauchschmerzen. Er bat mich, seine Familie zu benachrichtigen, was ich getan habe. Der Familie habe ich auf ihre Nachfrage hin nicht gesagt, wer ich bin.

Mein Freund Ali warnte mich am nächsten Tag, dass ich nicht mehr ins Krankenhaus kommen solle. Der Patient sei gefährlich und ich hätte ihn nicht behandeln dürfen. Der Geheimdienst werde mich lebens-

lang verfolgen. Ich bin dann gegangen und nie wieder ins Krankenhaus zurückgekehrt.
Auch Damaskus habe ich sofort verlassen.

Ich beschloss nach diesem Vorfall Ende 2012 zu meinen Eltern nach Derek an der kurdisch-irakischen Grenze zu fahren. Im Zentrum der Stadt baute ich mir eine kleine Praxis mit einem Wartezimmer und einem Behandlungsraum auf.

Doch das Leben in Syrien wurde Tag für Tag schwerer, besonders für junge Leute. Ständig hatte ich Angst, dass jemand zu meiner Praxis kommt und mich tötet. Ich bewegte mich nur in einem sehr begrenzten Umfeld, weil ich nicht gefangen werden wollte. Ich fühlte mich wie im Gefängnis.

In den Dörfern lebten alte Menschen, sie brauchten meine Hilfe. Ein Arzt muss in Syrien immer bereit sein. Wenn das Dorf in der Nähe war und ich die Menschen kannte, bin ich hingefahren und habe sie behandelt. Wenn ich die Menschen nicht kannte, tat ich das nicht, wobei ich mich sehr schlecht fühlte. Ich wollte helfen, doch ich konnte nicht. Ich lebte wie im Versteck. Ständig hatte ich Angst vor Geheimpolizei, Armee, ISIS, Bomben und Explosionen.

Ein Arzt ist in Syrien angesehen. Man denkt, er hat Geld. Man kann ihn gefangen nehmen und die Verwandten erpressen. Zu mir kamen auch arme Leute.

Ich nahm ihnen kein Geld ab. Wenn jemand zu mir kam, fragte ich: ‚Wie leben Sie? Haben Sie Arbeit?' Die Hälfte meiner Patienten hatte kein Geld. Ich war froh, dass ich ihnen trotzdem helfen konnte. Die anderen Patienten bezahlten. So konnte ich meine Praxis finanzieren.

Ich bin Kurde. Derek wurde von den Kurden regiert, was das Assad-Regime natürlich nicht anerkennt. Qamishli, die nächste größere Stadt und Hauptstadt der syrischen Kurden, ist 90 km entfernt. Ein Teil von Qamishli wird von den Kurden überwacht, aber Flughafen, Krankenhaus und das Zentrum der Stadt werden von der Regierung kontrolliert. Die Kurden sind eine Minderheit in Syrien und haben dort einen sehr schweren Stand.

In der Zeit von 2011 bis 2015 habe ich an vielen Demonstrationen der demokratischen kurdischen Parteien teilgenommen, zweimal in Damaskus und oft in Derek. Ich war auch oft auf politisch-kulturellen Veranstaltungen der Kurden. Dort ging es um die verschiedensten Themen. Diese Demonstrationen und Veranstaltungen waren vom Regime verboten. Für mich war es jedoch eine Selbstverständlichkeit, daran teilzunehmen.

Während des entscheidenden Interviews in Oldenburg kam dies nicht zur Sprache. Ich habe am Ende der Anhörung gesagt: ‚Wenn Sie möchten und Sie Zeit haben, kann ich zwei Tage lang erzählen.'

Mir wurde gesagt: ‚Es ist genug.' So habe ich für mich Wichtiges nicht gesagt.
In Derek lebten wir in ständiger Angst, hörten die Nachrichten und waren in Panik. Jeden Tag hätten wir sterben können.

Im August 2013 kam ein Helikopter und warf zwei Bomben auf Derek. Wir wussten nicht, wer diese Bomben abgeworfen hatte. Sofort flohen wir in das Nachbardorf, wo mein Großvater wohnte.

Im Januar 2014 explodierte ein LKW in der Nähe meiner Praxis. Ich spürte die Erschütterung, doch zum Glück war ich gerade nicht dort.
Viele Menschen starben. Fenster und Türen meiner Praxis zerbarsten. Eine Woche lang haben zwei Handwerker alles repariert und dann arbeitete ich weiter.

Wir hörten auch immer wieder von Männern, die einfach verschwanden.
So ging es auch meinem Onkel, einem Bruder meiner Mutter, den wir alle sehr mögen. Er ist Lehrer, doch die Regierung hat ihn entlassen. Jetzt könnte er wahrscheinlich sowieso nicht mehr unterrichten, denn ihm ist Schreckliches passiert.

Als ich einen Monat in Deutschland war, hörte ich die sehr traurige Stimme meiner Mutter am Telefon. Mein Onkel hatte meinen Großvater nach Qamishli begleitet, weil dieser zur Behandlung seines Blut-

krebses von Qamishli mit dem Flugzeug nach Damaskus zu einem Facharzt fliegen sollte. Der Straßenweg war wegen der vielen Kontrollen zu gefährlich.
Als mein Onkel und mein Großvater auf dem Flughafen in Qamishli waren, nahmen Assad-Anhänger meinen Onkel fest. Weder mein Onkel noch mein Großvater hatten vorher irgendein Problem mit dem Regime. Sechs Monate lang wussten wir nicht, wo er ist. Nach vielen Telefonaten und nachdem wir ca. 5.000 Euro bezahlt hatten, erfuhren wir, dass er im Gefängnis sei.
Jetzt ist er wieder in Derek, doch meistens ist er stumm. Meine Mutter möchte, dass er nach Qamishli zum Psychologen geht, doch er sagt: ‚Niemand kann mir helfen.'
Wir wissen inzwischen, dass er tagelang im Dunkeln aufrecht mit erhobenen Armen stehen musste, dass er getreten, geschlagen, erniedrigt wurde. Man beleidigte ihn und seine kurdische Familie.
Für meinen Großvater war es unerträglich, dass er erleben musste, wie sein Sohn gefangen genommen wurde. Zum Glück hat er ihn noch gesehen, bevor er an seinem Krebs starb. Er konnte nicht mehr ausreichend behandelt werden.

Der Onkel vertrat immer den Standpunkt: ‚Ich muss in meinem Land bleiben.' Er hat zwei kleine Kinder und eine Frau. Als Lehrer war er immer hilfsbereit, besonders setzte er sich für Benachteiligte ein. Er war kein Politiker. Er ist Kurde und jetzt ein gebrochener Mann.

Meine Familie ist sehr warmherzig. Es fiel mir sehr schwer, sie zu verlassen. Ich habe meine Praxis verkauft, um die Flucht zu finanzieren.

Ich verstehe das Leben so, dass wir uns weiterbilden und weiterentwickeln müssen.
Ich möchte in Deutschland, wenn es geht, als Arzt arbeiten und mich gleichzeitig zum Neurologen oder Psychologen qualifizieren.

Ich trage so viele Gedanken in mir.
Vielleicht werde ich eines Tages ein Buch schreiben, wenn ich in Deutschland bleiben kann.“

Wer zur Quelle gehen kann,
gehe nicht zum Wassertopf.
Leonardo da Vinci (1451-1519)

Ausbilden

Kurz vor Weihnachten 2014 war Bashkim mit seiner Frau und seinen drei Kindern aus dem Kosovo nach Schwanewede gekommen.
Die Gemeindeverwaltung hatte unsere Ökumenische Initiative informiert und die Adresse mitgeteilt. Es fiel mir nicht schwer, an eine fremde Tür zu klopfen. Viele Familien hatte ich schon auf diese Weise begrüßt und kennengelernt.

Im Mai 2015 begann der erste tägliche Deutschkurs in Schwanewede, der durch die Volkshochschule und Gelder des Landkreises ermöglicht wurde. Mein Mann leitete diesen. Zwölf Personen nahmen daran teil, darunter auch Bashkim und seine Frau Hajrije. Die Kinder waren vormittags im Kindergarten und in der Schule. Nachmittags nahmen sich die Eltern so weit wie möglich Zeit für die entstehende Kleiderkammer.
Im täglichen Umgang mit Deutschen wandten sie ihre Sprachkenntnisse an und verbesserten diese.

Doch Bashkim wollte seinen Lebensunterhalt selbst verdienen. Er hatte im Kosovo als Elektriker gearbeitet und stellte sich bei einer Schwaneweder Elektro-Firma vor. Diese brauchte ihn. Er musste jedoch auf seine Arbeitserlaubnis warten.

Im Frühjahr 2016 bekam er die Genehmigung, weil die Firma glaubhaft nachweisen konnte, dass sie sich lange vergeblich um einen entsprechenden Mitarbeiter aus einem Land der Europäischen Union bemüht hatte. Bashkim gefiel die Arbeit sehr. Zwar war er weiterhin vom Sozialamt abhängig, doch einen Großteil der Lebensunterhaltskosten seiner Familie bestritt er jetzt selbst.
Für die Firma war er ein Gewinn. Er überzeugte innerhalb kürzester Zeit durch seine Fähigkeiten und Leistungen. Bald arbeitete er selbständig und seine Kollegen konnten sich voll auf ihn verlassen. Bashkims freundliche und fröhliche Art kam gut an.

So arbeitete er über ein Jahr zu voller Zufriedenheit. Währenddessen mussten andere Balkanflüchtlinge nach und nach unser Land verlassen. Es spielte keine Rolle, ob sie Deutsch gelernt hatten oder nicht, ob sie arbeiteten oder nicht. Sie kamen aus einem „sicheren Herkunftsland" und hatten somit kein Anrecht auf Asyl. Eine Familie nach der anderen ging in eine ungesicherte Zukunft zurück. Uns fielen die Abschiede schwer.

Willkommenskultur wurde eine Zeitlang großgeschrieben, von Abschiedskultur war keine Rede.

Die Unruhe in Bashkims Familie wuchs.
Im Frühjahr 2017 kam der Bescheid: Die Familie wurde aufgefordert, durch ihre Unterschrift in die „freiwillige“ Ausreise einzuwilligen. Ansonsten werde sie abgeschoben.
Die Gesetzeslage wollte es so. Diejenigen, die Bashkim und seine Familie kannten, wollten es auf keinen Fall. Die Elektro-Firma brauchte Bashkim.

Nur ein Härtefallantrag könnte die Familie retten, so dachten wir.
Bashkim hatte vorgearbeitet und für den Fall der Fälle positive Stellungnahmen von Nachbarn, Elternvertretern, Vereinen und unserer Ökumenischen Initiative gesammelt. Er besaß eine ganze Mappe mit solchen Schreiben, die allesamt seine gelungene Integration und die seiner Frau und Kinder bescheinigten.
Die Zeugnisse der Kinder sprachen für sich.

Ich hatte im Laufe eines Jahres bereits drei Härtefallanträge für Balkanfamilien gestellt, alle wurden abgelehnt. Doch es sollte nichts unversucht bleiben.
So lernte ich Dagmar Winsemann kennen. Als Frau des Chefs in ihrem Elektrobetrieb setzte sie sich entschlossen dafür ein, Bashkim zu behalten. Wir berieten uns, sie schrieb den Härtefallantrag, eine aufwendige Angelegenheit.
Dieser soll so persönlich wie möglich verfasst werden. Aus dem Antrag soll ein Gesicht herausschauen, das die Kommission überzeugen kann.

Wichtig für die Härtefallkommission sind die sozialen Bindungen in Deutschland. Die Gefährdungen im Herkunftsland einzuschätzen ist die Aufgabe des Bundesamtes für Migration und Flüchtlinge.

Mir fiel Bernd Tobiassen ein, Fachberater für Härtefalleingaben beim DRK Aurich. Schon mehrfach hatte er mir, als ich selbst nicht weiter wusste, geduldig, freundlich und sehr kompetent geholfen. Ich schickte ihm den fertigen Antrag und er schrieb zurück: „Die Eingabe ist vorbildlich. Besser kann ich mir das nicht vorstellen."

Ich gratulierte Frau Winsemann. Wir sprachen über das weitere Vorgehen der Kommission.
Zuerst würde sie als Antragstellerin einen Brief von der Härtefallkommission erhalten, in dem steht, ob der Antrag grundsätzlich angenommen wurde. Danach entscheiden drei Vorprüfer/innen, ob dieser zur Beratung angenommen wird. Wird er nicht zur Beratung angenommen, können die Antragstellenden nichts dagegen tun. Wird er angenommen, kann es eine paar Monate dauern, bis eine Entscheidung gefällt wird. Manchmal ist der Innenminister die letzte entscheidende Instanz.
Im günstigsten Fall würde also eine lange Zeit der Unsicherheit bis zur endgültigen Entscheidung folgen.
Zwei Tage später rief Frau Winsemann glücklich bei mir an: „Die Kuh ist vom Eis. Wir geben Bashkim einen Ausbildungsvertrag!" Sie war begeistert.

Mir gelang es nicht, so schnell umzudenken.
Er ist doch schon 47 Jahre alt.
Kann er genug Deutsch für die Berufsschule?
Hatten wir bei anderen Familien aus den Balkanländern vielleicht etwas versäumt?
Auch sie waren fähig, korrekt und bemüht.
Aber hätten sie überhaupt eine Ausbildungserlaubnis bekommen?
Es dauerte einige Zeit, bis ich begriff: Bashkim, der in seinem Beruf eigentlich schon alles konnte, hatte einen Ausbildungsvertrag!
Die Ausländerbehörde akzeptierte das. Er bekam eine Ausbildungsduldung und musste nicht mehr ausreisen.

Jetzt geht er zur Berufsschule, zusammen mit 16-Jährigen. Die jüngeren Auszubildenden unterstützen ihn, wenn er auf Grund seiner noch nicht perfekten Deutschkenntnisse in der Berufsschule etwas nicht versteht.
Zweimal in der Woche besucht er nach der Arbeit einen ehrenamtlichen Deutschkurs meines Mannes, zusammen mit jungen Afghanen, die ebenfalls arbeiten und bessere Deutschkenntnisse benötigen.
Manchmal sieht Bashkim müde aus, aber er klagt nie.
Auch von seiner Frau fällt der Stress nach und nach ab. Sie arbeitet inzwischen ebenfalls in der Elektrofirma.

Diese Familie wird in unserem Land gebraucht.
Sie gehört dazu.

Die Musik spricht für sich allein.
Vorausgesetzt, wir geben ihr eine Chance.
Yehudi Menuhin (1916 – 1999)

Ein Musikinstrument spielen

Donnerstag, 16. November 2017.
Ich freue mich, Dani zufällig an der Bushaltestelle zu treffen. Er nimmt Geigenunterricht und ist auf dem Weg dorthin. Sein Bus kommt erst in einigen Minuten.

Am Sonntag feiern wir unser Fest der Kulturen. Er bedauert, dass er nicht kommen kann. Es stehen Proben mit dem Jungen Kammerorchester auf dem Plan und diese möchte er nicht versäumen. Er will am Wochenende auch für drei Klassenarbeiten üben, die in der kommenden Woche geschrieben werden. Alles ein bisschen viel.

„Manchmal bin ich müde, wenn ich zur Probe fahre", sagt der 16-Jährige. „Aber dann bekomme ich durch die Musik wieder Energie. Ohne Musik kann ich mir mein Leben nicht vorstellen."

In mir läuft bei diesen Worten ein Film ab.
„Dani, darf ich aufschreiben, wie wir uns kennengelernt haben? Ich möchte ein Buch schreiben über Geflüchtete und uns."

Bei dem Wort „Geflüchtete“ ist ihm unwohl. Dani ist jung und möchte ganz einfach dazugehören.

Dennoch hat er erlebt, was andere Jugendliche in Schwanewede hoffentlich nie erleben werden.
Im September 2015 kam er mit seinen Eltern und seinem zwei Jahre älteren Bruder nach Deutschland. Aus seiner Heimatstadt Aleppo ist er bereits vor drei Jahren mit seiner Mutter und seinem Bruder Hassan geflohen, während der Vater ein Jahr länger als seine Familie in Syrien aushielt.

Nach zwei Jahren Aufenthalt in der Türkei war die Erkenntnis gereift, dass die Geschwister dort trotz aller Bemühungen sehr wenige Chancen hätten.
Die Familie wagte die Überfahrt von Izmir nach Samos auf einem Schlauchboot.
Dani wickelte seine Geige in Plastik und drückte sie fest an sich. In dieser Nacht war das Meer zum Glück ruhig.
Dann ging es weiter über die Balkanroute.

In der DRK-Notunterkunft in Schwanewede begegnete Hassan bei der Registrierung einem engagierten Polizisten, den er auf Englisch ansprach.
Dieser gab ihm unsere Telefonnummer, er kannte mich, da ich vor langer Zeit seine Französischlehrerin war.

Also rief Hassan bei uns an. Unser Telefon stand kaum still in diesen Tagen. 1.000 Flüchtlinge wurden

erwartet, die Hilfsbereitschaft der Bevölkerung war groß.
Ich hörte das Wort „Piano“.
„Saturday morning you can meet us at the market place.“ Das war meine schnelle Antwort, die ich ebenso schnell wieder vergaß.
Es gab so viele Anfragen.

Wir hatten begonnen, auf dem Marktplatz in Schwanewede samstags in Absprache mit den umliegenden Geschäften heißen Tee und Kaffee auszuschenken
Die neuen Flüchtlinge und Einheimische sollten beim Einkaufen auf dem Markt Gelegenheit zur Begegnung erhalten, um so Ängste und gegenseitige Scheu abzubauen.

Es funktionierte, diese Stunden forderten unsere ganze Aufmerksamkeit. Viel Neues stürmte auf uns ein.

Plötzlich stand ein Jugendlicher vor mir, ein Stapel Klaviernoten in seiner Hand, obenauf „Nocturne“ von Chopin.
Diesen Moment werde ich nie vergessen.

Dankbar bin ich für ein Foto, auf dem wir in den ersten Minuten unserer Begegnung zu sehen sind. Hassans Bruder Dani und seine Mutter schauen gespannt in unsere Richtung. Sie fragen sich wohl, wie diese fremde Frau mit dem Namen „Chopin" reagieren würde.

Wenn ich das Foto betrachte, habe ich den Eindruck, dass wir uns so vertraut sind, als würden wir uns schon lange kennen.

Noten konnte Hassan aus Syrien und der Türkei mitbringen, sein Klavier nicht. Er verehrt Frédéric Chopin und spielt seine Werke. In Syrien spielte er gegen das Kriegsgetöse an, auch nachts. Das gab ihm Kraft zum Durchhalten. Sein Wunsch war es, auch in Schwanewede Klavier zu spielen.

Im „Camp“ gab es noch kein Klavier, dafür aber in der Begegnungsstätte, nur ein paar hundert Meter von der Notaufnahme entfernt.

Hassan durfte in der Begegnungsstätte spielen, wenn das Klavier frei war. Wenige Wochen später hatte er dort in der Adventszeit zusammen mit seinem Bruder seinen ersten öffentlichen Auftritt.

Für Dani war der musikalische Start leichter. Sein Instrument ließ sich tragen.
„Kannst du deine Geige nächste Woche mit zum Markt bringen und etwas spielen?“
Dani, damals 14 Jahre jung, brachte sein Musikinstrument mit. Ich sehe ihn noch jetzt, wie er mit seiner Geige neben einem Gemüsestand stand und seine Musik den Marktplatz mit Tönen erfüllte.
Die Einkaufenden blieben stehen. Worte waren überflüssig. Als die Musik verklang, kam Britta, eine Schwaneweder Einwohnerin, vorbei. Sie traf auf die Jungen und ihre Mutter. Ein Funke sprang über.

Am darauffolgenden Samstag trafen sie sich wieder auf dem Marktplatz und Britta nahm die Jungen mit zu sich nach Hause, damit sie dort Klavier spielen konnten. Die Musik der beiden erfüllte das ganze Haus und es wurde klar, dass dies der Anfang eines gemeinsamen Weges sein würde.

Eine intensive Zeit begann. An ihrem ersten Weihnachtsfest in Deutschland war die syrische Familie bei Brittas Familie zu Gast. Freundschaft entstand.

Britta fand für Hassan einen der besten Klavierlehrer in der Region. Sie half der Familie bei der Suche nach einem passenden Klavier, die Ökumenische Initiative finanzierte es zunächst und Hassans Familie bezahlte es in monatlichen Raten ab.

Für Dani hörte Britta sich nach Geigenunterricht um. Außerdem bemühte sie sich um eine Stiftung, die musikalische Talente unterstützt. Dani wurde Mitglied des Jugendsinfonieorchesters Bremen-Nord, das sich inzwischen „Junges Kammerorchester Bremen" nennt. Mit dem Orchester nahm er an mehreren Konzertreisen innerhalb der Bundesrepublik teil. Eine Reise führte sogar nach Finnland.

Im Januar 2016 sprangen Dani und Hassan kurzfristig bei einem musikalischen Theaterstück in der Waldschule ein. Der Musiklehrer probte zwei Tage mit ihnen, dann wurde das von der Theater-AG frei erfundene Stück „Zeitenzauber" in der mehrfach voll besetzten Aula der Waldschule aufgeführt.
Dani und Hassan gaben dem Stück die besondere Note.

Sie spielten auch in einem Raum der Stille, der auf Initiative der Ökumenischen Initiative in der ehemaligen Kaserne eingerichtet wurde, bei Benefizkonzerten in Kirchen und auf Geburtstagen.
Oft stimmte Hassan die Melodie an, bei der ich meine Tränen manchmal nicht unterdrücken kann: „Nocturne" von Chopin.

Vor einem Jahr schenkte er mir seine Noten.

2017 nahm er am Klavierwettbewerb „Jugend musiziert“ teil und schaffte es nach erfolgreichem Regional- und Landesentscheid bis zu einem Preis im Bundeswettbewerb.

Im Herbst 2017 wurde zum 18. Mal ein Projektorchester in Bremen zusammengestellt, das sich jährlich aus bis zu 190 Musizierenden aus 21 Ländern und einigen Mitgliedern des Jugendsinfonieorchesters Bremen zusammensetzt. Das so entstandene „Internationale Jugendsymphonieorchester Bremen“ erarbeitet in einer achttägigen Probephase ein klassisches Programm auf hohem Niveau unter der Leitung von Martin Lentz. Höhepunkt ist ein großes Abschlusskonzert in der Bremer Glocke.
Dani und Hassan musizierten ein Jahr nach ihrer Flucht mit.

Die beiden Brüder und ihre Eltern fanden eine neue Heimat in Schwanewede.
Sie gehören dazu.

Und wenn wir unser eigenes Licht
erscheinen lassen,
geben wir unbewusst anderen Menschen
die Erlaubnis, dasselbe zu tun.
Nelson Mandela (1918-2013)

Salwa Alchehabi,
die Mutter von Hassan und Dani, beschreibt, was sie in Deutschland empfindet.

Geben und Nehmen

Der Tag, der mein Leben verändert hat, war der Tag, an dem wir unsere Heimat wegen des Krieges in Syrien verlassen mussten. Ich war wirklich sehr traurig.

Wir haben zwei Jahre in der Türkei gelebt.
Nun sind wir seit zweieinhalb Jahren in Deutschland.

Seitdem ich aus meinem Land geflohen bin, habe ich mich sehr verändert.
Zwei Sprachen musste ich neu lernen und erhielt dadurch den Schlüssel zu anderen Lebensweisen. Eine andere Sprache zu lernen und zu sprechen, bedeutet für mich, ein anderer Mensch zu werden.

Ich habe eine wertvolle Chance, andere Kulturen und Menschen kennen zu lernen. In Schwanewede fand

ich viele Freunde aus verschiedenen Ländern. Damit hatte ich nicht gerechnet. Ich bin sehr froh darüber.
Als ich hierher kam, brauchte ich wirklich dringend Hilfe, denn ich fühlte mich ganz fremd und verloren.
Ich hatte viel Glück, denn mir standen Menschen zur Seite.

Jetzt habe ich den großen Wunsch, zurückzugeben, was ich empfangen habe.
Ich freue mich, wenn ich helfen kann.

Zum Glück bekommen wir immer wieder eine Gelegenheit dazu: in der Kleiderkammer, bei der Tafel, bei Festen und Ausstellungen, bei den Altpapiersammlungen und auch privat.

Wir kennen eine ältere Dame, die wie eine Großmutter zu meinen Söhnen ist, andere Frauen sind wie meine Schwestern.

Wir essen zusammen und feiern gemeinsam.
Wir helfen bei der Gartenarbeit und im Haushalt oder mit unseren Computerkenntnissen.
Wir lernen Deutsch, bekommen Hilfe bei unseren Bewerbungsschreiben, unterhalten uns und teilen unsere Gedanken und Gefühle.

Es ist ein Geben und Nehmen.
Wir haben hier eine große Familie gefunden.

Menschen und Aufgaben
uns in den Weg gestellt
a n z u n e h m e n
ohne Entschuldigung
es sind nicht zu viele
du kannst es schaffen
Inge Bertzbach (1990 in Gambia geschrieben)

Familienzusammenführung

Rasem kommt uns mit dem Fahrrad entgegen.
Ihm ist das Fladenbrot für seine Familie ausgegangen. Er befindet sich auf dem Weg zu einer syrischen Familie, die ihm aushelfen wird. Aber vorher fragt er uns: „Kann ich helfen?“ Ja, er kann.
Er hilft uns, eine schwere Getränkekiste zu tragen.

Mir fällt auf, wie entspannt er wirkt, irgendwie verjüngt, ausgeglichen.

Einige Tage später treffe ich ihn wieder auf dem Fahrrad. Er war den ganzen Tag über unterwegs, morgens beim Deutschkurs in Bremen und direkt danach beim Praktikum in einem Seniorenheim. Vierzehn Stunden war er nicht zu Hause bei seiner Frau und seinen vier Kindern. Trotzdem sieht er nicht müde aus, seine Energie scheint ungebrochen.

Wir verabreden uns für Sonntagvormittag, denn am

Nachmittag muss er wieder arbeiten.
Ich besuche ihn und seine Familie in der Altbauwohnung in Schwanewede, die er selbst renoviert hat. Die erste Wohnung in Meyenburg, einem Dorf der Großgemeinde Schwanewede, war zu klein geworden für sechs Personen.

Die Sonne strahlt durchs Küchenfenster. Seine Frau Hala begrüßt mich mit Sarah auf dem Arm. Sarah ist fünf Wochen alt.
Mit Sarahs zweijährigem Bruder Khaled war Hala schwanger, als sie aus Syrien floh. Khaled wurde einige Minuten nach Beginn des Jahres 2016 geboren. Dank eines großen Fotos in der Lokalzeitung, das die glücklichen Eltern mit ihrem Neugeborenen zeigt, konnten viele an diesem freudigen Ereignis Anteil nehmen.

Auch die Töchter Sulaf und Bisan lerne ich kennen. Sie sind im Grundschulalter und wohnen erst seit wenigen Wochen in Schwanewede. Rasem sagt: „Meine Töchter habe ich fünf Jahre lang nicht gesehen. Ich muss neu lernen, wie sie denken und fühlen."
Obwohl es ihm nicht leicht fällt, fährt er fort:

„Die Mutter meiner Töchter und ich haben uns in Syrien getrennt. Die beiden Mädchen blieben bei ihr, doch sie lebte mit einem anderen Mann zusammen. Die beiden Töchter passten nicht dazu.

Deshalb wurden Sulaf und Bisan zu meiner Mutter in die Türkei gebracht, die dort mit zwei meiner Brüder und deren Familien lebt. Sie kümmerte sich um die beiden Mädchen. Das konnte nur eine vorübergehende Lösung sein. Ich stellte einen Antrag auf Familienzusammenführung – und jetzt sind sie hier.“
Sein Gesicht hellt sich auf.

Rasem erinnert sich, wie er mit Hala im Oktober 2015 in einem Bus mit anderen Geflüchteten Schwanewede erreichte. Nachdem das Ehepaar zuvor in Deutschland an fünf verschiedene Orte gebracht worden war, jeweils nur für wenige Stunden oder Tage, überkam Rasem beim Anblick des weitläufigen Kasernengeländes ein gutes Gefühl.

Hala lernte u.a. Fatima kennen, eine Frau, die wie sie aus Idlib stammt. Die beiden Frauen befreundeten sich.

„Das Camp war gut“, sagt Rasem, „doch wir blieben nicht lange. Nach wenigen Wochen bekamen wir eine Wohnung in der kleinen Ortschaft Meyenburg.“

Auch Fatimas Familie bekam nicht weit entfernt eine Wohnung, so dass sich die beiden Frauen weiterhin treffen können.

Meine Gedanken gehen zu unserem Bürgermeister Harald Stehnken. Wie gut, dass er im September 2015 sein Ja zur Nutzung des Kasernengeländes als

Notaufnahme gab. Wie gut, dass die Schwanewede zugeteilten Flüchtlinge anschließend mit Hilfe der Gemeindeverwaltung genug Wohnraum fanden und dezentral untergebracht wurden.

Wie gut auch, dass es seit 2009 eine Tafel-Ausgabestelle in Schwanewede gibt.
Den ersten Besuch bekamen Rasem und Hala von Klaus, der sie als Chef der Tafel-Ausgabestelle mit einem Blumenstrauß und einer Berechtigungskarte zum Einkaufen überraschte.
Anschließend traf er Martina, die in Meyenburg wohnt, und begrüßte sie mit den Worten: „Hallo, Martina! In Meyenburg wohnt ein neues Ehepaar aus Syrien. Die Frau ist schwanger. Da könnt ihr jetzt mal vorbeischauen."

Martina und ihr Mann Josef mussten zuerst ein bisschen Anlauf nehmen, bevor sie die ihnen fremden Menschen besuchten, doch dann taten sie es.
Zusammen mit einem befreundeten Ehepaar sorgen sie seitdem dafür, dass diese syrische Familie sich aufgehoben fühlt.

Martina, die inzwischen zu unserem Gespräch hinzugekommen ist, erzählt, dass die Töchter Sulaf und Bisan mit ihr im Schwimmbad waren. Im Wasser gefiel es den Mädchen, sie entspannten sich und fühlten sich leicht.

Für Rasem waren die Jahre der Trennung schwer auszuhalten. Er machte sich ständig Sorgen um die Kinder, fühlte sich krank, müde und erschöpft.

Es gab nur einen Ausweg: Die Kinder sollten so schnell wie möglich nach Deutschland kommen. Doch dann begann ein aufwendiges Antragsverfahren. Nach einem Jahr schien es endlich zu klappen. Ein Flug für die Mädchen war gebucht, eine Flugbegleitung bestellt, doch die Töchter konnten nicht in das Flugzeug einsteigen, weil ein Papier fehlte, von dem die Familie nicht wusste, dass es gebraucht wurde.

Jetzt begann ein Wettlauf mit der Zeit.
Das Visum, mit dem die Kinder in Deutschland einreisen durften, drohte abzulaufen. Die Familie musste neue Flugtickets kaufen und das fehlende Papier besorgen. Doch schließlich klappte alles.
Im Sommer 2017 konnte Rasem seine beiden Töchter in die Arme schließen.

„Plötzlich haben Hala und ich vier Kinder“, sagt Rasem. „Das ist viel, aber es ist gut.“ Er fühlt die Verantwortung. Die Hoffnungslosigkeit ist von ihm abgefallen.
Nach der endlich gelungenen Familienzusammenführung ist er aufgeblüht und voller Energie.

Seinen Mini-Job auf dem Bioland-Hof in Meyenburg mochte er. Er pflanzte dort Gemüse, befreite es mit

Hacke und Schaufel vom Unkraut und erntete Tomaten. Doch jetzt möchte er seine Deutschkenntnisse verbessern und das Praktikum im Seniorenheim zu Ende bringen. Sein Ziel ist es, eine passende Ausbildung zu finden und genug Geld für sich und seine Familie zu verdienen. In Syrien war er Arabischlehrer. Mir gefallen sein starker Wille und seine Offenheit für die Möglichkeiten, die realisierbar sind. .

Auf die Dauer möchte er wieder nach Meyenburg ziehen. Dort kennt er viele Menschen, und viele kennen ihn und seine Familie. Dort spielt er sonntagabends Volleyball.

„Meyenburg ist mein Dorf", sagt er voller Überzeugung.

Ich will es nicht so recht glauben, weil Meyenburg zwar zu Schwanewede gehört, aber mit öffentlichen Verkehrsmitteln nur zu bestimmten Zeiten zu erreichen ist. Alle großen Geschäfte, viele Ärzte und die weiterführende Schule befinden sich in dem fünf Kilometer entfernten Schwanewede.

Martina bemerkt meine Bedenken und schmunzelt:

„So ist das eben in Meyenburg.
Rasem, Hala und die Kinder gehören dazu."

es ist gut zu fragen
warum klappt es nicht?
es ist besser zu fragen
was soll stattdessen geschehen?
es ist gut zu fragen
was mache ich falsch?
es ist besser zu fragen
was mache ich?
Brigitte Heidebrecht

Nicht aufgeben

Khalat kam 2015 zusammen mit ihrer Mutter auf dem Landweg von Syrien nach Deutschland. Die Überfahrt im Schlauchboot schien ihnen zu gefährlich.

Doch jetzt schlagen ihr die Wellen über dem Kopf zusammen. Die 21-Jährige weiß nicht, in welche Richtung sie denken soll. Sie kommt gerade von der Zahnärztin. Schon seit Monaten ist sie dort in Behandlung, doch in Deutschland dauert alles lange. So empfindet sie es. Die Behandlung sollte sie 200 Euro kosten, jetzt ist etwas Neues hinzugekommen.
Von 2.000 Euro ist die Rede.
Sie versteht, aber begreift nicht. Wie soll sie das jemals bezahlen?

Mein Mann und ich versuchen sie zu trösten, sagen ihr, es werde eine Lösung geben und raten ihr, zunächst einen weiteren Zahnarzt aufzusuchen, um eine zweite Meinung einzuholen. Sich einen Zahn ziehen zu lassen, das ist ein ziemlich endgültiger Schritt, vor allem für einen jungen Menschen.

Ich sehe Anzeichen, dass der Stress ihrem Körper nicht gut tut und Spuren hinterlässt.

Sie ist auf der Suche nach einem B2-Sprachkurs, hat schon in mehreren Schulen nachgefragt und wird vertröstet. Gleichzeitig soll sie sich für eine Minijob-Stelle bewerben. Ihr Integrationscoach im Jobcenter fordert es so. Sanktionen drohen. Unter 25-Jährige sollen bei der ersten Strafe bis auf Unterkunft und Heizung keine Leistungen mehr bekommen, wenn sie nicht ausreichend mitwirken.

Außerdem weiß Khalat nicht, was sie werden möchte und kann. In Syrien endete ihr Schulbesuch 2013 mit dem Abitur. Sie schrieb sich an der Universität ein, doch diese konnte sie auf Grund der Kriegsereignisse nicht besuchen. Dann kam die Flucht, anschließend das Deutschlernen. Jetzt weiß sie nicht, wie es weitergeht.

Khalat interessiert sich für eine Ausbildung zur Zahntechnikerin. Dann könnte sie etwas Sinnvolles und Kreatives mit ihren Händen tun. In Syrien ist dies ein anerkannter Beruf.

Praktikums- und Ausbildungsplätze scheint es aber in erreichbarer Umgebung kaum zu geben. Das hört sie von einem erfahrenen Zahntechniker. Ich höre es auch. Nicht gerade ermutigend.

Khalat besuchte bereits mehrere Jobmessen und hofft auf die erlösende Möglichkeit. In Praktika möchte sie sich ausprobieren, doch wird das Jobcenter dies erlauben und bleibt ihr dann noch Kraft für einen Minijob?
Der empfundene Druck macht ihr zu schaffen – mir auch. Zurzeit geht nichts wirklich vorwärts.

Khalats Rechtsanwalt hat vor Kurzem geschrieben, dass ihre Klage auf Zuerkennung der Flüchtlingseigenschaft keinen gerichtlichen Erfolg hatte. Es bleibt beim subsidiären, also eingeschränkten Schutz und dem Gefühl der Unsicherheit. Damit rückt auch ein Wiedersehen mit ihrem Vater in weite Entfernung.
Der Brief des Rechtsanwalts enthielt auch eine Rechnung, weil die Klage abgelehnt wurde. Wäre das Urteil zu ihren Gunsten ausgefallen, wären durch Prozesskostenhilfe keine Kosten entstanden.
Bei jeder neuen Rechnung schrickt Khalat zusammen.
Probleme, wohin sie schaut.

Ein Lichtblick in dieser schwierigen Situation waren zwei schöne Tage in Bredbeck, einer Bildungsstätte des Landkreises.

Dort fand ein Modellprojekt des Bundesfamilienministeriums statt, „zur arbeitsweltbezogenen Beratung und Bildung für junge Erwachsene mit Fluchterfahrung im Übergang Schule – Beruf."
Gemeinsam mit Jugendlichen aus Afghanistan und Somalia fertigte sie Collagen an und spielte Theater. Es ging um die Stärkung junger Geflüchteter, die sich in ähnlicher Situation wie Khalat befinden.

Khalat brachte den Mut auf, an diesem Seminar teilzunehmen, obwohl sie als junges syrisches Mädchen nie zuvor mehrere Tage ohne Familienangehörige unterwegs war. In der ersten Nacht ließ sie das Licht in ihrem Zimmer brennen. Sie fühlte sich zu unsicher. In der zweiten Nacht wusste sie, dass ihr nichts passieren würde, sie schaltete das Licht aus und schlief besser. Das Ziel war erreicht: gestärkt und froh kam sie nach Hause zurück. Diese Tage fand sie wirklich schön.

Doch am nächsten Tag erhielt sie per Whatsapp ein Foto aus Syrien. Darauf sah sie ihre Tante – mit schwarzem Trauerband. Die Schwester des Vaters war mit etwa 55 Jahren plötzlich gestorben. In solchen Momenten ist die Entfernung von den Angehörigen besonders schwer zu ertragen.

Mit ihrem Vater spricht Khalat regelmäßig. Die Technik ermöglicht es ihnen, dass sie sich während des Gesprächs sehen, doch sie möchte das nicht. Es würde ihr noch schwerer ums Herz.

Ihr Vater konnte wegen einer schweren Erkrankung nicht mit auf die Flucht gehen.

Am Telefon bestätigt er immer wieder, es gehe ihm gut, solange er seine Familie in Sicherheit wisse. Seine Tochter nimmt ihm das nicht ganz ab.

Ab März 2018 sollte die Familienzusammenführung für Menschen mit subsidiärem Status ermöglicht werden. So steht es in einer Mitteilung des BAMF. Doch dies wird politisch in Frage gestellt.
Kaum vorstellbar, dass der Vater in Syrien bleibt, während seine Familie in Schwanewede lebt.

Oder soll eines Tages die Familie nach Syrien zurückkehren? Zurück unter die Herrschaft des Machthabers Baschar al-Assad?

Heute, am 22. November 2017 lese ich in der Tageszeitung: „Putin sagte, er sei erfreut über Assads Bereitschaft, mit jedem zusammenzuarbeiten, der Frieden aufbauen und Lösungen finden wolle. Viele Gebiete in Syrien seien von Terroristen befreit worden, Flüchtlinge könnten zurückkehren." Über dem Bericht zeigt ein großes buntes Foto, wie Wladimir Putin und Baschar al-Assad sich umarmen.
Khalat versteht diese Politik nicht. Auch ich bin befremdet. Es geschieht so vieles, was nicht zusammenpasst.
Warum darf Khalat ihren Vater nicht umarmen?

Nachts beschäftigt mich Khalats Geschichte. Zu meinem Erstaunen muss ich an meine Mutter denken. Nach und nach komme ich hinter den Zusammenhang. Sie floh vor 72 Jahren als 24-Jährige mit ihren beiden jüngeren Geschwistern über die Ostsee – ohne zu wissen, wohin ihre sehr kranke Mutter gekommen war. Diese befand sich im Krankenhaus, war wegen ihrer Erkrankung bettlägerig und wurde direkt vom Krankenhaus aus verschifft. Sie sahen sich nie wieder. Es war, so denke ich, eine traumatische Erfahrung für meine Mutter. Bis an ihr Lebensende konnte sie nicht mehr weinen.

Khalat kann es noch. Das erleichtert mich.
Erleichterung finde ich auch bei dem Gedanken, dass wir ihr helfen können, sich um die Anerkennung ihres syrischen Abiturs, um den Zahnarzt, um Praktika und Berufsfindung zu kümmern.

Wir halten Ausschau nach kleinen Lichtblicken.
Schritt für Schritt wird Khalat ihren Weg finden.
Unter zu großem Druck droht sie zusammenzubrechen.

Was ihr weiterhilft, sind Ermutigung und Begleitung.
Und der Entschluss, nicht aufzugeben.

Auch ein langer Weg
beginnt mit dem ersten Schritt.
Chinesisches Sprichwort

Sich durchsetzen

Es fällt ihm schwer.
„Seit zwei Jahren bin ich in Deutschland. Und immer noch verstehe ich die Papiere nicht. Auch ihr versteht sie nicht immer. Und jetzt werde ich bestraft."

Ihm sind mehrere Missgeschicke passiert.
Das Jobcenter kürzt seine Leistungen. Er hat einen Minijob wegen eines Missverständnisses von einem Tag auf den anderen gekündigt.
Er dachte, er könne aufhören, wann er wolle.
Das war natürlich falsch, doch er wusste es nicht besser.

Er und seine Frau wurden einer Wohnung zugewiesen, die sie mit einem weiteren Ehepaar teilten.
Die Stromkosten wurden für vier Personen berechnet, doch inzwischen zog das andere Ehepaar aus.
Die Stromkosten wurden nicht angepasst. Monatelang bezahlte das Ehepaar zu viel. Wird das Geld zurückbezahlt? Es wurde ihm noch nicht zugesagt.

Inzwischen sind er und seine Frau in eine kleinere Wohnung gezogen.

In seiner neuen Wohnung hat er nach drei Tagen Schimmelflecken entdeckt.
Dafür sollen er und seine Frau zuständig sein. Zweimal am Tag lüften sie die Wohnung 15 Minuten lang.
Der Haumeister sagt ihnen, dass sie die Flecken selbst entfernen müssen. Es gebe entsprechende Mittel auf dem Markt zu kaufen.

Seit zwei Jahren ist er in Deutschland, er hat seitdem viel Deutsch gelernt, doch er versteht nicht, wie ihm das alles passieren kann. „Immer passiert uns etwas."

Dass diese Probleme zu lösen sind, scheint ihm zweifelhaft.
Ich sage zu ihm: „Du kannst etwas dagegen tun, wir können etwas dagegen tun. In Deutschland ist das so.
Auch Deutsche haben Probleme.
Offizielle Briefe sind oft nur schwer zu verstehen."

Auf den Bescheid des Jobcenters darf er zum Beispiel mit einem Widerspruch antworten.
Er kann die Tatsachen aus seiner Sicht darstellen.
Wenn der Widerspruch positiv beantwortet wird, kann die bereits erfolgte Leistungskürzung rückgängig gemacht werden.

Es dauert vierzehn Tage, bis er den von einer Ehrenamtlichen formulierten Widerspruch unterschreibt.

Sein Misstrauen über die Folgen von Unterschriften sitzt tief.

Auch bei dem Stromversorger können wir anrufen und im Rathaus nachfragen. Was zu viel bezahlt wurde, wird in der Regel zurückbezahlt.

Außerdem müssten die Probleme mit der neuen Wohnung nach erneuten Gesprächen mit dem Hausmeister und der Wohnungsbaugesellschaft zu klären sein.

Er fragt uns: „Glaubt ihr mir, was ich sage?"
Wir glauben es ihm. Bisher hat alles gestimmt, nur empfindet er so manches anders als wir.

In Deutschland ist es möglich, sich für sein Recht einzusetzen.
Er möchte das eigentlich nicht.
„Alles ist gut." Das sagt er oft am Ende eines Gesprächs, indem es um Probleme geht.

Er möchte nur eins: Frieden.

Wer sichere Schritte tun will,
muss sie langsam tun.
Johann Wolfgang von Goethe (1749 -1832)

Das Jobcenter

Das Jobcenter „taktet".
Dieses Verb fällt mir auf.
Wir Ehrenamtlichen hören es im Gespräch mit einer leitenden Person des Jobcenters im Landkreis Osterholz.
Gemeint ist, dass die Fallmanager des Jobcenters den Takt angeben.
Sie sind zuständig für die Menschen, die im SGBII-Bezug stehen.

Mit SGBII ist das Zweite Buch des Sozialgesetzbuches gemeint, das sich mit der Grundsicherung für Arbeitssuchende befasst.

Wir erhalten im Laufe des Gesprächs folgende Informationen:
Der gesetzliche Auftrag des Jobcenters ist es, eine Ausbildung oder einen Job zu vermitteln.
Die Menschen sollen „raus aus dem Leistungsbezug".
Das Jobcenter gibt den Takt und den Weg vor.
Es führt das Verfahren.
Es kommt zu seinen Ergebnissen.

Die Ehrenamtlichen sollen im Sinne des Jobcenters handeln, also die „Kunden“ nicht durch andere Vorstellungen in Verwirrung bringen.

Wir erwähnen, dass sich zwischen Ehrenamtlichen und Geflüchteten oft ein Vertrauensverhältnis aufgebaut hat. Gemeinsam überlegen sie, wie der Weg in die Zukunft aussehen könnte. Dabei entwickeln sie Ideen, stoßen aber auch an Grenzen. Sie hoffen auf effektive Unterstützung durch das Jobcenter bei der Vermittlung in ein geeignetes Praktikum und eine passende Arbeit.

Vermittlungen in Praktika, Ausbildungsplätze und Arbeit kamen in Schwanewede bisher vor allem durch den intensiven Einsatz Ehrenamtlicher zustande. Diese kennen Firmen in erreichbarer Umgebung. Persönliche Gespräche führten zum Erfolg.

Noch nicht alle geflüchteten „Neubürger“ haben bereits etwas Geeignetes gefunden. Verunsicherung macht sich breit.

Durch Praktika wird eine Gelegenheit geschaffen, erworbene Deutschkenntnisse anzuwenden. Außerdem kann die deutsche Arbeitswelt kennengelernt werden, denn in den Herkunftsländern ist es meist ganz anders als bei uns. Eine Ausbildung wie in Deutschland gibt es dort in der Regel nicht.

Wir erfahren jedoch von unserem Jobcenter, dass Praktika weniger der Orientierung dienen, sondern dass durch sie ein Fuß in die Tür für eine Arbeit oder einen Ausbildungsplatz gesetzt werden soll.

Es geschieht, dass trotz der engen Begleitung durch „Paten“ plötzlich erhebliche Sanktionen angekündigt werden. Die „Paten“ fühlen sich mitbestraft.
Was haben sie nicht bemerkt, was haben sie falsch gemacht?

Schon die Androhung, das Geld zu kürzen, trifft hart. Oft müssen z.B. Rechtsanwaltkosten bezahlt werden. Wie fühlt es sich für einen jungen Menschen an, wenn ihm mitgeteilt wird, man beabsichtige, seine Leistungen drei Monate lang komplett zu streichen? 15- bis 25-Jährigen wird ohne Zwischenschritte eine Reduzierung ihrer Leistungen auf Wohnraum und Heizung angedroht, während für über 25-Jährige eine schrittweise Kürzung vorgesehen ist.
So schreibt es das Gesetz vor.

Auf Sanktionen wird von Anfang an bei jedem Schreiben des Jobcenters ausführlich hingewiesen.
Das mag gesetzlich vorgeschrieben sein, doch stellt dies grundsätzlich eine gute Mitarbeit der „Kunden“ in Frage. Sicher gibt es Menschen, denen eine harte Handhabung des Gesetzes helfen kann. Doch es gibt auch die anderen. Sie möchten sich in die Arbeitswelt integrieren und brauchen dazu Ermutigung, Hilfestellung und Zeit.

Wenn auch in Zukunft auf den Einsatz Ehrenamtlicher Wert gelegt wird, ist es wichtig, dass weitere Gespräche zwischen ihnen und dem Jobcenter stattfinden.

So besteht die Chance, Reibungsverluste zu verringern, sich auf Wesentliches zu konzentrieren und gemeinsam mit allen Beteiligten sinnvolle Wege zu gehen, die zu einer Integration in die Berufswelt führen.

Also lautet ein Beschluss:
Dass der Mensch was lernen muss.
Wilhelm Busch (1832 – 1908)

Sich bewerben

Ismael aus dem Sudan steht groß und schlank vor mir. Er benötigt Hilfe für seine Bewerbung.
Die handschriftliche Vorschrift zieht er aus der Tasche seines Jogginganzugs, der ihm perfekt steht, wie ich finde.

Ich erinnere mich an die afrikanischen Jungen, die ich bei meinen Besuchen in Gambia am Strand laufen sah. Sie versprühten Lebensfreude. Wie sportlich sie waren! Kein Wunder, denn die meisten legten täglich mehrere Kilometer auf sandigen Wegen von ihren Dörfern zur Schule zurück, einen Stift hinters Ohr geklemmt, ein Heft in der Hand.

Dreimal war ich in Gambia. Es ging um eine Schulpartnerschaft.
Nur als Touristin möchte ich Gambia nicht besuchen. Hotels und geschützte Strände locken mich nicht. Ich würde wieder das Leben abseits der Touristenstraßen sehen wollen und höchstwahrscheinlich mit neuen Aufgaben zurückkehren.
Neue Aufgaben – nein, die möchte und brauche ich nicht. Ismael steht vor mir.

Ismael aus dem Sudan kommt vom gemeinsamen Joggen mit Ismael aus Syrien. Schön, denke ich, so laufen sie sich ein Stück Stress von der Seele.

Sudan und Syrien. In Schwanewede begegnet sich die Welt – und ich begegne ihr. Eine Weltreise erübrigt sich, ich erlebe „die Welt“ um mich herum.

Ismael besucht einen Integrationskurs, den ihm das Bundesamt für Migration und Flüchtlinge bewilligte.

Deutsch zu lernen, richtiges Deutsch zu lernen, fällt schwer. Es ist aber wichtig. Das hat Ismael erkannt. Für eine Ausbildung muss er Prüfungen nachweisen: Sprachniveau B1 und besser noch B2.
Mit seinen 30 Jahren fühlt er sich jung genug für eine Ausbildung.
Ob das Jobcenter das genauso sieht?

Er will viel lernen. Täglich hat er vier Stunden Deutschunterricht in der Volkshochschule, die sich in der 15 km entfernt gelegenen Kreisstadt befindet. Mit Fahrtzeiten ist er fast sieben Stunden unterwegs.
Nachmittags will er den Unterrichtsstoff nachbereiten, sonst sind die Prüfungen nicht zu schaffen. Deutsch lernen ist ein schwerer Job.

Trotzdem muss er sich bewerben, auf eine Stelle, die er neben dem Unterricht nicht ausüben kann.
Einen Computer besitzt er nicht, einen Drucker schon gar nicht.

Ich tippe seine Bewerbung in meinen Computer – mit innerem Widerstand. Es ist wie ein Spiel, das gespielt werden muss. Eine ernsthafte Bewerbung müsste besser formuliert werden.

Die Aufforderung, sich als „Helfer für Lager, Produktion und Kommissionierung“ bei einer Zeitarbeitsfirma zu bewerben, kommt vom Jobcenter.
Dieses weiß, dass er am Deutschkurs teilnimmt.
Dennoch schickt es ihm ein dreiseitiges Schreiben mit einem konkreten Stellenvorschlag.

Wie sollen Arbeit und Deutschkurs miteinander vereinbart werden? Ismael weiß es nicht. Ich auch nicht. Weiß es das Jobcenter?

„Sollten aus Ihrer Sicht Gründe gegen eine Bewerbung sprechen, so wenden Sie sich bitte bis zum 15.11.2017 an Ihren zuständigen Fallmanager oder dessen Vertretung.“ Als ich ihm vorschlage, auf die Bewerbung zu verzichten und stattdessen an die Fallmanagerin zu schreiben, lehnt er heftig und besorgt ab. „Wir dürfen nicht NEIN sagen. NEIN ist ein Problem.“

Er fügt hinzu: „Ich weiß nicht, was ich machen soll. Ich möchte eine Ausbildung in einer Autowerkstatt machen. Das ist mein Traum. Vorher kann ich auch in einer Werkstatt als Helfer arbeiten.
Wir verstehen nicht alles. Wir brauchen ein bisschen Zeit.“

Ich verstehe längst nicht alles. Soll Ismael möglicherweise seinen Deutschkurs aufgeben, obwohl ihm das Erlernen der deutschen Sprache am Herzen liegt? Obwohl das BAMF diesen genehmigt hat und für die Bezahlung aufkommt? Gibt es eine Zusammenarbeit zwischen den Behörden?

Die Zeit, die man den 2015 Geflüchteten zum Ankommen gewährte, scheint abgelaufen zu sein.
Mitarbeitende im Jobcenter teilten mir mit, alle, die Arbeitslosengeld II erhalten, erfahren die gleiche Behandlung.

Das bedeutet also: keine Rücksicht mehr auf Kriegserlebnisse, Flucht und kulturelle Unterschiede.
Die geflüchteten Neubürger sollen funktionieren.
Sie sollen schnell dazulernen.

Ich denke, alle anderen am Integrationsprozess Beteiligten auch.

Lernen mit Kopf,
Herz und Hand.
Johann Heinrich Pestalozzi (1746 -1827)

Etwas gemeinsam bewegen

Geschafft! Die 149. Altpapiersammlung der Waldschule Schwanewede liegt hinter uns! Wir haben fünfzehn Container mit Altpapier und Pappe gefüllt. Einen Vormittag lang fuhren 70 Mithelfende mit 18 Transportfahrzeugen zahlreiche Straßen der Großgemeinde Schwanewede ab und sammelten gebündeltes und in Kartons und Tüten verpacktes Altpapier. Seit 37 Jahren wiederholt sich diese Aktion in vierteljährlichem Abstand.

Organisation und Durchführung sind jedes Mal ein kleines Abenteuer. Zum Glück wird die Altpapiersammlung in der fünf km entfernten Ortschaft Meyenburg seit zwölf Jahren innerhalb des Dorfes organisiert. Am Sammeltermin stehen zwei Container beim Dorphuis in Meyenburg, so dass in dieser Ortschaft gesammeltes Altpapier auch dort abgeladen werden kann.

13 weitere Altpapier-Container werden vom AbfallService Osterholz auf dem Bauhof der Gemeinde Schwanewede und bei der Waldschule aufgestellt.

Als junge Lehrerin, ich war gerade 30, wollte ich etwas bewegen: nicht nur theoretisch, auch praktisch. Eine 10. Gymnasialklasse mit sehr individuellen Schülerinnen und Schülern kam mir entgegen.
Gemeinsam starteten wir die erste Altpapiersammlung, der Umwelt zuliebe und um das Geld zu spenden.
Ich fragte meinen Kollegen Harald, ob er Traktor fahren könne und wolle.
Er wollte – und ist bis heute dabei, zusammen mit seiner Tochter und seinen Enkelkindern.
Der einzige aufgestellte Container war schnell gefüllt und quoll bald über.
Wir erhielten 340 DM für 14 Tonnen Altpapier, die wir nach ausgiebigem Schriftwechsel für eine Familie in Indien zum Aufbau eines kleinen Geschäfts spendeten.

Vermutlich hätte es nur eine einzige Altpapiersammlung der Waldschule gegeben, wenn damals nicht Norbert, ein Oberstufenschüler, auf mich zugekommen wäre. Er reichte mir einen Flyer des Landkreises Osterholz über ein Hilfsprojekt auf den Philippinen und fragte, ob wir dort helfen könnten.

Norbert hatte nicht nur eine Idee, er setzte sich auch tatkräftig ein. Zusammen mit zwei Klassenkameraden bildete er ein Sammelteam.
Ein Sammelfahrzeug reichte nicht mehr aus. Die drei Freunde organisierten einen weiteren Traktor und lösten sich beim Fahren ab. Einer von ihnen fährt

auch heute noch, zusammen mit seinen beiden großen Söhnen.

Ich organisierte eine Altpapiersammlung nach der anderen.
Viel Geld ging in den Anfangszeiten nach Sagay auf den Philippinen zur Unterstützung eines Wasserprojekts.

Dank dieser Patenschaft des Landkreises mit Sagay besuchte Inge Bertzbach, meine Freundin im Kollegium, ein entwicklungspolitisches Seminar, wodurch unser beider Leben ziemlich umgekrempelt wurde.
Mr. Forster, ein Schulleiter aus Brikama in Gambia hatte einen dicken Brief geschrieben und dem Lehrer Holger Schneider mitgegeben. Dieser Lehrer aus Moormerland bei Leer unterstützt bis heute in Sukuta/Gambia eine Primary School und zeigte Inge während des Seminars den Brief des Schulleiters.
In seinem Brief bat Mr. Forster eindringlich um Hilfe beim Aufbau des „Brikama Technical Training Centres“, das er mit Hilfe von Eltern begonnen hatte.
Er wünschte sich Schulbildung für alle Kinder.
Inge fühlte sich angesprochen und überzeugte mich.
Noch heute schlägt mein Herz höher, wenn ich daran denke.

Gambia – das kleinste Land Afrikas – also überschaubar. Wir würden uns dort auf Englisch verständigen können. Das gefiel uns.

Außerdem sammelten wir bereits seit 10 Jahren Altpapier und hatten nun dank eines direkten Drahtes die Möglichkeit, unsere Spende persönlich in Afrika zu überreichen. Das war ein faszinierender Gedanke. Inge und ich flogen in den Osterferien 1990 für zwei Wochen in das westafrikanische Land.

Eine Schulpartnerschaft begann, die zwölf Jahre hielt. Briefe, Besuche und Gegenbesuche, Basare und Sponsorenläufe folgten. Die Erlöse aus den Altpapiersammlungen gingen zur Hälfte nach Gambia, dazu elf Container mit Schulmöbeln, Nähmaschinen, Werkzeug und vieles mehr, was dort gebraucht wurde.
Es war eine spannende Zeit, in der wir viel lernten – auch über afrikanische Kultur und unterschiedliche Erwartungen.

Ende 2001 gaben wir die Unterstützung auf, die Kommunikation war schwierig geworden. Die methodistische Kirche in Gambia übernahm die Schule.

Kontakte bestehen weiterhin, die Erinnerung bleibt. Solch eine direkte Partnerschaft wollten wir jedoch nicht wiederholen.

Wir suchten nach einem für uns leichteren Projekt. Nach dem Angriff auf das World Trade Centre in New York am 11. September 2001 und den darauf folgenden Bombenangriffen in Afghanistan entdeckte eine Kollegin im Internet den Verein Afghanistan-Schulen.

Wir luden die Gründerin Ulla Nölle in die Waldschule ein. Sie kam sofort mit zwei weiteren engagierten Frauen des Vereins und hielt einen bewegenden Vortrag in der vollbesetzten Aula. In Pakistan war sie 1983 einer Lehrerin in einem überfüllten Lager mit Flüchtlingen aus Afghanistan begegnet. Diese Lehrerin bat sie um Hilfe.
So kam ein Stein ins Rollen, woraus später der Verein Afghanistan-Schulen entstand.
Dieses Engagement überzeugte uns und überzeugt uns auch heute noch.

Besonders beeindruckend ist, dass zwei Mitglieder des Vereins zweimal jährlich nach Afghanistan zu den geförderten Projekten fliegen und alle Pläne mit den Menschen vor Ort besprechen.

Die Lehrerin Ingrid Fraser aus Hamburg, die zum Verein Afghanistan-Schulen gehört, reiste nach ihrer Pensionierung fünfmal zu den Projekten. Sie hält uns mit Power-Point-Präsentationen auf dem Laufenden. Ihre lebendigen Vorträge, aber auch die Briefe von Schülerinnen und Schülern, die zwischen der Waldschule und Afghanistan hin- und hergehen, schaffen ein verlässliches Band zwischen Menschen unterschiedlicher Kulturen.
„Bildung ist Licht." So lautet ein bekanntes afghanisches Sprichwort.

Wir bemühen uns, dass dieses Licht in Afghanistan am Brennen bleibt.

Unsere finanzielle Unterstützung wird seit 2002 nicht unterbrochen – auch dank der Erlöse aus den Altpapiersammlungen und den Bücherbasaren der Waldschule. Die Bücherbasare sind eine Folge der Altpapiersammlungen, denn wir bekamen kartonweise gebrauchte Bücher, die noch gut erhalten waren. Außerdem ist jedes Jahr der Spendenerlös einer Theateraufführung der Theater-AG der Waldschule für Binnenflüchtlinge in Kabul und Schulbildung in den Projekten des Vereins bestimmt.

Unser Engagement dient auch unserer eigenen Bildung, besonders unserer Herzensbildung.

Mit dem Herzen sind wir dabei, als wir uns am 9.Dezember 2017 um 9.00 Uhr unter grauen Regen- und Schneewolken auf dem Bauhof der Gemeinde Schwanewede zum Start in die vor uns liegende Altpapiersammlung treffen.

Wir bilden einen Kreis: Schülerinnen und Schüler, Pfadfinderinnen und Pfadfinder, Eltern, Lehrerinnen und Lehrer und viele, die ehemals mit der Waldschule zu tun hatten und dieser Aktion treu geblieben sind.
Günther Hütten gehört mit seinen 88 Jahren von Anfang an dazu. Er bringt seinen Enkel und einen Bekannten mit. Mit PKW und Anhänger fahren sie

einige Straßen ab. Zusammen mit seiner Frau Hilde hält er einen direkten Draht nach Südafrika aufrecht. Mit Spendengeldern – auch aus den Altpapiersammlungen – unterstützt das Ehepaar dort zurzeit 15 Aidswaisen und hält auf diese Weise eine Partnerschaft der ev. Kirchengemeinde mit Eldorado in Südafrika am Leben.

Erfreut stelle ich außerdem fest, dass ein Schüler und dessen Vater mit ihrer Begeisterung einige Väter angesteckt haben, die beim Auf- und Abladen des Altpapiers mithelfen wollen.
Ich begrüße auch die neu nach Schwanewede Gezogenen, Geflüchtete aus dem Irak und Syrien und Farid, der an diesem Morgen Afghanistan vertritt.

Die Leiterin der Kindertagesstätte „Poselino" ist mit Eltern des Fördervereins „Lino & Lina" ebenfalls gekommen. Einer der Väter besitzt eine Gärtnerei und bringt ein Transportfahrzeug mit. Die Kindertagesstätte setzt sich ein und bekommt dieses Mal die Hälfte des Erlöses, etwa 500 Euro.
Der Erlös einer jeden Altpapiersammlung wird zwischen einer sozialen Einrichtung in Schwanewede und dem Verein Afghanistan-Schulen geteilt.

Wir fassen uns an den Händen. Welchen Spruch hat sich Klaus, der 82-jährige Pastor im Unruhestand, heute ausgedacht? Er sagt ihn vor, wir sprechen ihn nach: „Altpapier vor jedem Haus. Das Wetter macht uns gar nichts aus."

Wir fügen schon seit Jahren den Satz hinzu, der später durch Angela Merkel berühmt wurde: „Wir schaffen das!“ Bei uns erhält er die Ergänzung: „Und es macht Spaß.“

Spaß macht es, wenn es läuft. Die Fahrzeuge sind unterwegs, Altpapier liegt ausreichend an den Straßenrändern, die Bäckereien spenden leckeren Kuchen. Ursel, deren Söhne bereits vor langem die Waldschule verlassen haben, engagiert sich immer noch für den guten Zweck. Seit fast drei Jahrzehnten verwandelt sie die Küche des Bauhofs zu einer gemütlichen Cafeteria, in der sich alle gerne zwischen dem Auf- und Abladen aufwärmen und stärken. Unterstützung erhält sie von einer Klavierlehrerin aus Russland.
Heute verwöhnt uns zusätzlich Anna aus der Türkei mit gefüllten Fladenrollos, damit der 37. Geburtstag der Aktion eine besondere Note erhält.

Durchschnittlich befinden sich am Ende einer jeden Sammlung etwa 50 bis 60 Tonnen Altpapier in den Containern. Die Schülerinnen und Schüler und alle Teilnehmenden spüren, dass es auf sie ankommt, dass sie durch ihr Tun zum Gelingen beitragen.

Durch Süßigkeiten, die sie auf den Zeitungspaketen am Straßenrand finden, erfahren sie den Dank der Bevölkerung.

Ohne die elf Geflüchteten, die an diesem Samstag im Dezember dabei sind, wäre die Altpapiersammlung erheblich schwerer zu bewältigen gewesen.
Sie lernen Schwanewede auf eine besondere Weise kennen. Sie fahren durch die Straßen und sammeln Altpapier bei Schnee.
Durch ihren Einsatz für eine soziale Aktion erleben sie, dass sie ein wichtiger Teil unserer Gemeinschaft sind.

Sie gehören dazu.

Gemeinsam bewegen wir uns.
Gemeinsam bewirken wir etwas für uns und andere.
Gemeinsam schaffen wir, was zu schaffen ist.

Ein Leben ohne Feste
ist wie eine lange Wanderung
ohne Einkehr.
Demokrit (460 - 370 v. Chr.)

Feiern

Seit einigen Jahren feiern wir am Volkstrauertag ein „Fest der Kulturen“ im Gemeindehaus der evangelischen St. Johannes Kirchengemeinde.

Am Vorabend tragen wir gemeinsam Tische und Stühle in den großen Saal.
Einige der „neuen“ Flüchtlinge in Schwanewede sind zur verabredeten Stunde nicht da. Andere, die schon länger hier wohnen, wissen Bescheid:
Sie kommen „pünktlich“. Dies ist ein vielsagendes Wort zwischen uns. Wir lachen oft darüber. Die Vorteile der Pünktlichkeit liegen auf der Hand, und viele halten sich inzwischen daran.

Beim Tischdecken erklären wir, wie wir die Tassen hinstellen und die Löffel hinlegen: der Henkel der Tasse kommt nach rechts, der Stiel des kleinen Löffels ebenfalls, damit man beides mit der rechten Hand gut anfassen kann.
Farid aus Afghanistan ist erstaunt: „Wieder habe ich etwas Neues gelernt. Aber was machen die Linkshänder?“

Ob Gäste zahlreich kommen, hängt auch vom Wetter ab. An diesem Sonntag, dem 19. November 2017, ist das Wetter eher ungemütlich: mal dicke, schwarze Wolken mit Regen und Herbststürmen, dann wieder strahlendes Sonnenlicht. Die letzten Blätter tanzen im Wind, bevor sie auf die nasse Erde und auf den gepflasterten Weg zum „Heiligen Hügel“ fallen. So wird die kleine Anhöhe genannt, auf der sich das geräumige Gemeindehaus seit 1960 befindet.

Auf der Wiese gegenüber dem großen Saal haben die Pfadfinder ihre nicht zu übersehende schwarze Jurte aufgebaut. Darin grillen sie an Holzspießen über einem Lagerfeuer Marshmallows. Kinder mögen diese kleinen Köstlichkeiten aus Schaumzucker.
Die Jurte droht durch den Wind und den aufgeweichten Boden einzustürzen, doch die Pfadfinder sind tapfer und geschickt. Sie halten durch.

In einer Bastelecke im Saal werden die zahlreich erwarteten Kinder aus unterschiedlichsten Papieren und glitzernden Materialien kleine Tüten und Schatzkästchen zaubern. Auch ein professionelles Schminkteam, das bunte Farbtöpfchen mitgebracht hat, weckt Vorfreude.

Rima kommt als eine der ersten Frauen. Sie wohnt schon seit über zwanzig Jahren in Schwanewede und bringt libanesische Köstlichkeiten für das internationale Büffet mit. Wenn es um die Herstellung leckerer Speisen geht, ist sie immer dabei. Sie verschenkt zwei Extra-Portionen: eine für Renate, die sich schon seit 10 Jahren in der Ökumenischen Initiative engagiert und eine der Hauptorganisatorinnen dieses Festes ist, die andere für meine Familie. „Vegetarisch. Weil deine Tochter Vegetarierin ist."

Dem launischen Novemberwetter gelingt es nicht, uns einen Strich durch die Rechnung zu ziehen: die Gäste kommen zahlreich. Das Büffet füllt sich mit herzhaften und süßen Speisen. Eine Orientierung über die kulinarische Landschaft ist dank kleiner Kärtchen neben den Spezialitäten möglich.
Unter anderem lese ich „Bananenbällchen aus Sri Lanka".

Darüber freue ich mich ganz besonders: mehrere tamilische Familien haben sich auf den Weg gemacht, sogar mit ihren in Schwanewede geborenen und jetzt erwachsenen Kindern. Sie erinnern mich an die Anfangsjahre der Ökumenischen Initiative für Flüchtlinge.

Mit einem der Familienväter aus Sri Lanka feierten wir bereits Ende 1981 unser erstes Fest hier im Gemeindehaus. Wie gut Menschen sich mit dem entsprechenden Willen integrieren können, das führen die Tamilen uns vor. Sie mussten mit vielen Hürden kämpfen, bekamen von offizieller Seite keinen Deutschunterricht angeboten.

Die Väter suchten Arbeit, arbeiteten hart und arbeiten immer noch viel und schwer. Manche haben einen eigenen Betrieb.
Der Saal füllt sich. Einige syrische Frauen haben ihre festliche traditionelle Kleidung angezogen. Ein kleiner Junge trägt ein kurdisches Tuch um den Kopf, ein mazedonisches Mädchen im hellblauen Kleid freut sich aufs Tanzen.

Früher kamen die tamilischen Frauen in ihren bildschönen Saris, heute ist es ihnen dafür zu kalt.
Unsere Kleidung ist bei diesem Wetter praktischer.

Alle 120 Stühle sind besetzt, die eingeladene Balkan-Tanzgruppe bitte ich, auf dem Bühnenrand Platz zu nehmen. So kann sie von allen gesehen werden.
Die neun Tänzerinnen und der eine Tänzer kommen aus Ländern, die viele der hier im Saal Versammelten auf ihrer Flucht durchquert haben: aus Bulgarien, Serbien, Kroatien und der Türkei. In ihren bulgarischen Trachten sehen sie wunderschön aus. Wir freuen uns auf ihre Tänze, doch noch ist es nicht so weit.

Danke, thank you, shogran, spas, merci, nandri.
Wir bedanken uns für das Bestehen der Ökumenischen Initiative für Flüchtlinge, die vor über drei Jahrzehnten in diesem Haus begann.
Wir bedanken uns auch für die vielen Mithelfenden bei diesem Fest.
Dann wird es still, sogar die Kinder sind leise.

Nur ein Handy summt vor sich hin. Der Ton einer Klangschale läutet eine Minute Schweigen ein.

Wir denken an die Menschen, die im Ersten und Zweiten Weltkrieg ihr Leben verloren – und an die Menschen in unserer Zeit, die unter Hunger und Krieg leiden: Menschen aus Mossul befinden sich in diesem Saal, aus Aleppo, aus Afghanistan... Meine Stimme stockt, mehr Orte, in denen Unfrieden herrscht, mag ich nicht nennen.
Wir ersehnen Frieden – überall.
Der Ton der Klangschale beendet diesen starken Moment.

Carsina hat Herzen gebastelt und mit ihren Lieblingssprüchen beschriftet.
Diese verteilt sie, jeweils an eine Person aus einer bestimmten Nation. Sie beginnt mit Afghanistan. Seit zwei Jahren begleitet sie zusammen mit ihrem Mann zwei junge afghanische Familien.
Dann folgen 19 weitere Nationen, u.a. Sudan und Palästina. Natürlich gehören auch Deutschland und andere europäische Länder wie Rumänien, Spanien, Frankreich, Österreich und Weißrussland dazu.
Wir staunen über die Vielfalt der Nationen und Religionen.

Jesiden, Hindus, Moslems und Christen feiern ein gemeinsames Fest.

Endlich tanzt die Balkan-Tanzgruppe „Sharena Cherga“ unter der Leitung von Heidi Miller. Es sind sehr lebendige, ausdrucksstarke und beschwingte Tänze. Einige Gäste stehen auf, weil sie sehen möchten, wie schnell die Füße sich bewegen und die Tanzschritte aufeinander folgen.
Bei einem türkischen Reihentanz hält es zahlreiche Frauen und Männer nicht mehr auf ihren Stühlen. Sie fassen sich an den kleinen Fingern und an den Händen, eine schwingt ein kleines Tuch, die anderen folgen ihr tanzend rund um den Saal.

Dann bekommt die achtjährige Nafija aus Mazedonien ihren Soloauftritt, alle klatschen im Takt.
Nafija musste für ihre gekonnten Bewegungen nicht üben, sie tanzte schon als kleines Kind.

Die meist orientalischen Speisen schmecken köstlich. Auch herrlich duftende Crêpes finden viel Anklang.

Mit internationalem Aufräumen endet das Fest.

In jedem Kinde
liegt eine wunderbare Tiefe.
Robert Schumann (1810-1856)

Marlene Ritters
beschreibt, was sie bei ihrer Aufgabe als Ehrenamtliche empfindet.

Zwei kleine Arme

Warum diese Überschrift?

Zwei kleine Ärmchen umarmten mich liebevoll und zwei große, dunkle Augen schauten mich erwartungsvoll an.
Bei dieser ersten Begegnung wusste ich: Das ist sie – meine Nafija.
Ja, m e i n e, das darf ich jetzt, nachdem wir uns schon länger kennen, ganz offen so behaupten. Laut Nafija gehöre ich zur Familie.

Wer ist Nafija?

Ein fröhliches und aufgewecktes Mädchen aus Mazedonien.

Sie besucht gerne die Dreienkampschule in Schwanewede und fühlt sich dort sehr wohl, denn die Lehrerinnen und Lehrer sind laut Nafija super. Sie mag sie. Ich auch.

Leider hat sie aufgrund ihres Migrationshintergrundes Leseschwierigkeiten. Ihr Wortschatz beschränkt sich nur auf die einfache deutsche Umgangssprache. Sie benötigt Unterstützung, einen Menschen, der sich intensiv mit ihr beschäftigt. Jetzt komme ich ins Spiel.

Wer bin ich?

Ich bin eine Rentnerin und helfe gerne, wenn meine Hilfe erwünscht, notwendig oder angebracht ist. Kinder liegen mir besonders am Herzen.

Spielerisch wecke ich Nafijas Interesse am Lesen und auch am Rechnen. Sie ist inzwischen eine begeisterte „Leseratte“ und Mitglied der Gemeindebücherei Schwanewede.

Wir unternehmen mit viel Freude kleine Ausflüge. Demnächst besuchen wir den „Zoo am Meer“ in Bremerhaven. Natürlich gehört auch das Eisessen zu unserem Programm.
Bei schlechtem Wetter spielen wir „Mensch ärgere dich nicht“.
Wir plappern beide immerzu lustig drauflos und erzählen uns, was uns spontan in den Sinn kommt.

Die kleinen Ärmchen umarmen mich zwischendurch immer wieder und zeigen mir Nafijas Freude und Dankbarkeit.
Was für ein großes Geschenk!

Im fröhlichen, liebevollen Zusammensein erleben wir so manchen besonderen Augenblick.

Beim Basketballspiel der Bremerhavener Eisbären in der ÖVB Arena in Bremen sagte ein Security-Mitarbeiter bei der Kontrolle zu Nafija:
„Alles ok. Jetzt kannst du zu deiner Oma gehen.“
Nafija strahlte mich mit ihren großen Augen an und fragte: „Hast du das gehört?“ „Aber ja, das bin ich gerne“, war meine Antwort
Sie warf mir einen so freudigen Blick zu, dass es mir sehr warm ums Herz wurde.

Wir gehen auch oft zum Spielplatz, soweit das Wetter es uns erlaubt.
Immer wieder schaut sie beim Spielen zu mir und achtet darauf, dass ich mich auf eine Bank setze. Sobald ich mich hinstelle oder ein wenig hin- und herspaziere, kommt sie angelaufen, nimmt meine Hand und führt mich wieder zu einem Sitzplatz.
Nun ja, ich bin doch die Oma.

Zwischendurch fragt sie manchmal:
„Du bleibst doch bei mir, verlässt mich nicht?“
Diese Frage stimmt mich traurig.
Wir schauen uns dann an und ihre Ärmchen legen sich um meinen Hals, ja, die kleinen Ärmchen…

Sich selbst zu überraschen ist, was das Leben lebenswert macht.
Oscar Wilde (1854 -1900)

Etwas Neues erleben

Isra hatte den großen Wunsch, einen Ausflug zu machen – wie vor zwei Monaten, als mein Mann mit seinem Deutschkurs einen Tagesausflug nach Lüneburg unternahm. Dieser Tag mit Stadtführung, Besichtigung des Salzmuseums und einem Picknick blieb in bester Erinnerung. Zum Abschluss setzte die Gruppe dem Ganzen noch ein i-Tüpfelchen auf. Mit dem Niedersachsenticket fuhr sie weiter nach Hamburg und genoss dort eine entspannte Schiffsfahrt auf einer der Fähren.
Isra aus dem Libanon hatte diesen Ausflug zusammen mit ihrem Mann Mahmoud aus Palästina unternommen.

Jetzt sehnte sie sich danach, die Deutschgruppe wieder zu sehen und gemeinsam mit ihr einen Ausflug nach Hamburg zu unternehmen.
Der Wetterbericht versprach schönstes Wetter für den letzten Tag der Herbstferien, einem Sonntag.
Isra hatte eine Ausbildung zur Bäckereifachverkäuferin begonnen. Sie arbeitete viel und wollte den freien Tag für ein schönes Erlebnis nutzen.

Ich freute mich über ihre Initiative. Einen solchen Vorschlag konnte ich nicht ablehnen.
„Wenn du organisierst, dann machen wir das.
Aber es ist nicht ganz umsonst: 5 Euro pro erwachsene Person, 3 Euro pro Kind. Den Rest bezahlt unsere Ökumenische Initiative."
Isra war einverstanden. Mit Feuereifer gelang es ihr, in kürzester Zeit Interessierte zu finden. Sie setzte viel Energie für ihre Pläne ein und war begeistert von den Zusagen.

Doch am Samstag sagte sie ab. Ihr Mann wollte nicht mehr mitfahren, er hatte eine Arbeit gefunden und wollte sich an seinem freien Tag ausruhen.
„Wenn Mahmoud nicht fährt, dann möchte ich auch nicht."
Ich versuchte sie zu überzeugen, sie könne doch auch alleine mitkommen, doch zu diskutieren gab es da nichts. Sie fuhr nicht mit.

Und die anderen? Die verbindende Person fiel aus. Also waren auch sie nicht mehr von der Teilnahme überzeugt und sagten ab. Nur eine nicht. Frau Fouani aus dem Libanon freute sich auf den Ausflug nach Hamburg mit ihren beiden Töchtern Israa und Nour. Sie wollte Hamburg sehen. Also setzte sie sich ans Telefon und löste einen Schneeballeffekt aus.
Eine Familie sagte es der anderen. Fünf Familien aus Syrien klingelten nach und nach an unserer Haustür, meldeten sich an und bezahlten sofort.

Für mich war diese überraschende Wende spannend. Nicht alle, die sich anmeldeten, verstanden Deutsch. Auch kleine Kinder waren dabei. Ich fand die Zusammensetzung dieser neuen Gruppe ziemlich abenteuerlich, doch ich ließ mich darauf ein.
Ich hatte mich auf Hamburg vorbereitet und wusste, was wir gemeinsam unternehmen könnten.
Wo war also das Problem?

Es begann am nächsten Morgen an der Haltestelle des Linienbusses.
Der Busfahrer wollte pünktlich losfahren, doch einige Kinder und deren Eltern kamen jetzt erst angerannt. Sie erreichten den Bus noch gerade rechtzeitig. Der Busfahrer warf einen kritischen Blick auf seine Uhr, dann startete er. Doch ein paar Meter weiter hielt er wieder, obwohl dort keine Haltestelle war. Er konnte sich wohl denken, dass die herbeieilenden Personen auch zur Gruppe gehörten. Ohne diese nette Geste des Busfahrers hätten sie den Bus verpasst.

Eine weitere Gruppe sollte an einer anderen Haltestelle zusteigen. Doch eine Frau fehlte.
„Können wir nicht fünf Minuten warten?"
Das war eine ernsthafte Frage.
Diesmal ging der Busfahrer nicht darauf ein.

Von Bremen fuhren wir weiter mit dem Zug nach Hamburg, wo wir als erstes die Elbphilharmonie besuchten.

Zu meiner großen Freude durften wir, 18 Erwachsene und 13 Kinder, sofort mit der berühmten gebogenen Rolltreppe zur Aussichtsplattform fahren. Das hatte also geklappt, ohne vorherige Reservierung!
Wir waren begeistert, die meisten fotografierten.
Das Sonnenlicht glitzerte auf dem Wasser. Einen schöneren Blick auf Hamburg und den Hafen konnte es für uns nicht geben.

Dann war Mittagszeit. Die ersten Mägen begannen zu knurren, doch ich hatte einen Plan im Kopf: eben noch zu den Landungsbrücken gehen und dann auf der Fähre essen. Meine Mitreisenden folgten mir, aber als sie eine grüne Anhöhe entdeckten, war klar: Dort wollten sie hin und picknicken.

Mit meiner Logik war das nicht zu vereinbaren.
Wie sollten die Kinder im Kinderwagen und die Frauen mit ihren Vorräten da hoch kommen?
Sie waren von ihrem Plan nicht abzubringen.
Zielstrebig erreichten sie die Anhöhe.
Der Aufstieg hatte sich gelohnt, denn dort fanden wir für unsere Gruppe sehr passende Sitzbänke.

Dann ging's los! Es wurde ausgepackt und ausgepackt. Ich staunte. Getränkeflaschen, Fladenbrote, Salate kamen zum Vorschein. Es entstand ein fürstliches Picknick mit Blick auf die Elbe.

Der Abstieg war ebenfalls abenteuerlich. Die ersten Füße taten weh, wir befanden uns in der Nähe des alten Elbtunnels. Dieser stand auch auf meinem Plan. Unnötig, den 426 m langen Tunnel zu durchqueren, nur ein Blick in den Tunnel wäre bestimmt auch schön.

Doch dann war die Fahrt mit dem riesigen Fahrstuhl in 24 Meter Tiefe interessant, und wer sich einmal in einem Tunnel befindet, der möchte da auch durch. Wir gingen also unter einem Fluss entlang, das war besonders für die Kinder ein aufregender Gedanke. Auf der anderen Seite fuhren wir wieder hoch.

Wir blickten auf die Elbe, die wir unterquert hatten, und auf die Elbphilharmonie im strahlenden Sonnenlicht. Ein fantastisches Bild! Dann die bange Frage: „Müssen wir wieder durch den Tunnel zurück?“ Manchen Füßen, die in nicht ganz geeigneten Schuhen steckten, tat das nicht so gut, aber wir mussten.

„Nach Hause“ – diese Töne von einigen wollte ich überhören.
Es war doch erst Nachmittag.
Die Fahrt auf der Fähre sollte für Entspannung sorgen. Aber auch unzählige andere Menschen hatten bei diesem herrlichen Wetter die gleiche Idee.
Unsere Gruppe wartete mit großer Geduld angesichts der Menschenmenge. Das erste Schiff nahm uns nicht mit, das zweite auch nicht, beim dritten gaben wir auf und nahmen die U-Bahn.

Eigentlich wollte ich der Gruppe den St. Nicolai-Turm, das zerbombte Mahnmal aus dem Zweiten Weltkrieg zeigen, doch das hätte uns jetzt auch emotional überfordert. Also fuhren wir zum Rathaus. Einige staunten über dessen Größe und Schönheit, andere setzten sich auf die erstbesten Stufen.
Keinen Schritt weiter!

Ein junger Syrer kannte sich etwas in Hamburg aus und wusste, wie schön es an der Alster ist. Ich bat ihn, die anderen davon zu überzeugen, noch ein paar zusätzliche Schritte bis zur Binnenalster zu gehen.
Er hatte Erfolg. Fotos mit Straßenkünstlern und das Verfüttern der letzten Fladenbrote an Möwen, Enten und Schwäne ließen uns alles andere vergessen – und schon verzichteten wir darauf, den geplanten Zug zu erreichen.

Auf dem kurzen Rückweg zum Bahnhof verloren wir einen Teil unserer Gruppe. Die Konzentration war wohl nicht mehr allzu groß. Zum Glück gibt es Handys, um wieder zusammenzufinden. Beim Telefonieren gab es Missverständnisse. Ich erlebte, dass kurdisch und arabisch sprechende Syrer sich nicht unbedingt genau verstehen.
Also verpassten wir auch den nächsten Zug.
Am Bahnhof hellten sich die Gesichter wieder auf, die Eltern kauften Pommes Frites für sich und die Kinder.

Alle schienen zufrieden zu sein. Dies war „ihr“ Ausflugstag, zwar etwas anstrengend zwischendurch, aber doch schön.
„Das nächste Mal fahren wir nach Hannover“, hörte ich.
Auch gut, aber die Verantwortung für eine solche Tour übernehme ich dann wieder nur begrenzt.

Ich freute mich über meine neu gewonnene Gelassenheit.

Der Tag war ein Geschenk.

Es gibt nichts auf der Welt,
das einen Menschen so sehr befähigt,
äußere Schwierigkeiten
oder innere Beschwerden zu überwinden,
als: das Bewusstsein,
eine Aufgabe im Leben zu haben.
Viktor E. Frankl (1905-1997)

Eine Lebensaufgabe finden

„Single. Die Kinder aus dem Haus. Die Enkelkinder groß. Die Decke fällt auf den Kopf.“ So beschreibt Magdalena ihre Situation beim Übergang in das Jahr 2015. Sie ist überzeugte Christin und betet in der Silvesternacht, Gott möge ihr noch einmal eine Lebensaufgabe schenken.

Manche denken mit 75 Jahren überwiegend rückwärts, Magdalena denkt vorwärts.

Im Februar erkannte sie ihre Chance. „Die Kleiderkammer übernehme ich.“ Sie war davon überzeugt, dass sie es konnte.
Für sie war es eine Gebetserhörung.

Februar 2015. So konnte es nicht weitergehen mit der Ansammlung von Kleidungsstücken in einer Ecke unseres Asyl-Büros im ev. Gemeindehaus, in dem

Renate eine wöchentliche Sprechstunde für Geflüchtete anbietet.
Die Spendenbereitschaft der Bevölkerung nahm zu, denn Schwanewede wurden vermehrt Flüchtlinge aus dem Balkan zugewiesen.

Renate packte Kisten mit Handtüchern, Bettwäsche und Haushaltsartikeln und begrüßte die ankommenden Familien mit ihrem Überraschungspaket.
Das war eine sehr schöne Geste, doch alles konnte auf diese Weise nicht verteilt werden.

Auch im gut besuchten Frauencafé legten wir deshalb Kleidungsstücke und Schuhe aus. Alles war begehrt, doch das Frauencafé war eigentlich zur Begegnung, nicht zum Verteilen von Spenden gedacht.

Darüber hinaus erhielt die Tafel-Ausgabestelle eine Zeit lang von einer Firma neue Kleidung, welche sie monatlich gegen eine geringe Spende weitergab. Diese Kleidung war sehr gefragt, doch die Firma fand bald eine andere Verwendung dafür, so dass diese Möglichkeit, günstig Kleidung zu erwerben, wegfiel.

Alles wies darauf hin, dass wir eine Kleiderkammer brauchten.
Also wandten wir uns an die Gemeindeverwaltung.
Wir durften vorübergehend einige Räume in einer leer stehenden Förderschule nutzen und auch mehre-

re Schränke aus einem Physikraum, die sich sehr gut für Wäsche und Geschirr eigneten.
Magdalena konnte mit der Einrichtung einer Kleiderkammer beginnen. Natürlich brauchte sie Mithelfende. Zu Beginn brachte sie mit Hajrije und Bashkim aus dem Kosovo die Räume in Ordnung. Zum Tragen der schweren Schränke aus dem Physikraum kamen junge Familienväter aus den Balkanländern.

Für sie war bisher kein Deutschunterricht vorgesehen, da sie aus einem als sicher eingestuften Herkunftsland kamen.
Auch eine Arbeit zu finden war auf Grund der Gesetzgebung fast unmöglich. Fast alle waren nur „geduldet“ und durften erst nach drei Monaten arbeiten. Wenn sie dann eine Arbeitsstelle gefunden hatten, überprüfte die Agentur für Arbeit im Rahmen einer Vorrangprüfung, ob es andere Arbeitnehmer aus Deutschland oder der EU gab, die diese Stelle ausüben konnten. Wie oft erlebten wir, dass eine Arbeitserlaubnis nicht erteilt wurde!
Die von dieser Regelung betroffenen Männer halfen also gerne und waren immer zur Stelle, wenn wir ihre Hilfe benötigten.

Am 7. Mai 2015 war es dann soweit: die Kleiderkammer öffnete zum ersten Mal ihre Türen. In den Räumen sah es von Anfang an eher wie in einer Boutique aus, so schön hatte Magdalena mit ihrem Team alles geordnet und präsentiert.

Gegen eine kleine festgelegte Spende konnten sehr brauchbare Dinge erworben werden: Kochtöpfe für einen Euro, Handtücher für 50 Cent, ein ganzes Geschirrservice für drei Euro, ein T-Shirt für 50 Cent, ein Pullover für einen Euro. Magdalenas Team kaufte Regale und spendete, was übrig blieb, für soziale Zwecke.

Die Kleiderkammer wurde von Anfang an gut besucht, auch wenn der Fußweg für die meisten relativ lang war. Manche fuhren ihre neuen Errungenschaften im Kinderwagen nach Hause, andere auf dem Fahrrad.

Bereits im Juni stand fest, dass die Räumlichkeiten in der ehemaligen Schule für eine Kindertagesstätte genutzt werden sollten. Sie mussten also baldmöglichst geräumt werden.
Inzwischen stapelten sich volle Plastiktüten mit Spenden in einem Nebenraum.
Manche schlugen die Hände über dem Kopf zusammen, als sie das sahen. Magdalena nicht. Die Kleiderkammer durfte nicht mehr aufgegeben werden.

Schon seit mehr als 30 Jahren hatten wir in unserer Initiative von einem Raum für Kleidungsstücke und Hausrat geträumt.

Magda Hielscher teilte diesen Wunsch von Anfang an. Sie hatte spontan reagiert, als ich 1981 im Mütterkreis der Kirchengemeinde von den ersten mir bekannten Asylsuchenden in Schwanewede berichtete. Vor allem die schlichten Wohnverhältnisse hatten mich erschüttert. Ich bat um Mithelfende. Noch heute sehe ich, wie sie sich über den Tisch beugte und entschlossen sagte: „Ich bin dabei.“

Damals arbeitete sie in einer Bäckerei. Wir brachten Kuchen in die damalige Flüchtlingsunterkunft am Rand von Schwanewede, später auch gespendete Teppiche und Möbel.
Für eine Kleiderkammer fanden wir keinen Raum.

Doch dann kamen uns nach drei Jahrzehnten die Umstände hilfreich entgegen.
In einem sehr zentralen Haus der Gemeinde Schwanewede waren Räume im Erdgeschoss frei. Oben wohnen Geflüchtete, im Erdgeschoss befinden sich die Gemeindebücherei und seit Oktober 2009 die Schwaneweder Tafel-Ausgabestelle. Das Haus hatte durch ein schönes Vordach für die wartenden Tafel-Kunden und durch Renovierungen in den Tafel-Räumlichkeiten sehr gewonnen.
Warum sollte diese positive Entwicklung nicht weiter geführt werden durch eine Kleiderkammer der Ökumenischen Initiative?
Außerdem war die Lage perfekt: Gemeindebibliothek und Tafel-Ausgabestelle im gleichen Haus, die Begegnungsstätte und eine Bushaltestelle gegenüber, das ev. Gemeindehaus nebenan auf dem „Heiligen Hügel“. Dazu eine Kleiderkammer… Ein soziales Zentrum für Schwanewede!

Was aber, wenn die Gemeindeverwaltung „Nein" sagen würde? In der ehemaligen Schule durften wir nicht bleiben. Wohin durften wir?

Mit dieser Ungewissheit ging ich in die Sommerferien und fuhr wie jedes Jahr eine Woche nach Taizé, zu einer ökumenischen Gemeinschaft in Frankreich. Dort treffen sich in den Sommermonaten Woche für Woche Tausende von meist jüngeren Menschen aus der ganzen Welt, doch auch Erwachsene sind bis ins hohe Alter gern gesehen. Sie begegnen sich in aller Einfachheit, tauschen sich aus und übernehmen anfallende Arbeiten.
Dreimal am Tag verbindet sie ein gemeinsames Gebet in der großen, schlichten Kirche mit Minuten der Stille und den beliebten Taizé-Gesängen.
Ich war mitten unter ihnen, die Kleiderkammer in meinem Herzen. Am 12. August 2015 hatten wir einen Termin im Rathaus. Wie konnten wir die Verantwortlichen überzeugen?

Dann kam der entscheidende Tag. Klaus Fitzner, ein sehr engagierter Pastor, und ich hatten alle Argumente für eine dringend benötigte Kleiderkammer am gewünschten Standort ausführlich vorbereitet.
Wir schoben dem Bürgermeister und dem Zuständigen für das Sozial- und Ordnungsamt unser vorbereitetes Papier hin, doch beide hatten zu unserem Erstaunen bereits eine Entscheidung getroffen.

Wir durften die Räumlichkeiten, die eigentlich für die Aufnahme von Geflüchteten gedacht waren, nutzen. Mir fiel ein Stein vom Herzen. Ein Traum erfüllte sich.

Was niemand zu diesem Zeitpunkt wissen konnte: Einen Monat später kamen die ersten Busse mit neuen Flüchtlingen nach Schwanewede. Das Erstaufnahmelager in Bramsche platzte aus allen Nähten – und unsere Kaserne stand frei.
Der Bürgermeister gab sein „Ja“ zur Nutzung als Notaufnahme. Das DRK bereitete sich auf 1.000 Flüchtlinge vor.

Einige der Geflüchteten wurden in den nächsten Wochen Schwanewede zugeteilt. Die Suche nach Wohnraum begann. Wir hatten drei Räume und eine Küche für unsere Kleiderkammer belegt. Früher boten sie etwa zehn jungen Männern ein Zuhause, später wohnte dort eine Großfamilie.
Es wurde anderer Wohnraum für die Geflüchteten gefunden.

Als Magdalena sich neben dem Umzug in die neuen Räumlichkeiten – samt Schränken aus dem Physikraum – auch noch als Mithelfende in den Aufbau einer Kleiderkammer im Notaufnahmelager stürzte, war ich bestürzt.

Unsere Kleiderkammer am neuen Ort war doch erst am Entstehen! Wie konnte sie beides auf einmal be wältigen? Sie ließ sich nicht abbringen, lernte im „Camp“ engagierte Mitmenschen kennen und fand neue Mithelfende für ihre „Kammer“. Einige gehören auch heute noch dazu.

Mit den 1.000 Flüchtlingen begann ein echter Run auf unsere Kleiderkammer. Besonders Koffer wurden gebraucht, Koffer zum Weiterreisen, wenn man das „Camp“ verlassen durfte und einer Ortschaft zugewiesen wurde. Ich informierte die Presse – und es begann eine echte Kofferflut. Wo sollten diese kurzfristig untergebracht werden? Ein Container wurde in der Gemeindeverwaltung beantragt und genehmigt. Wir bezahlten ihn von den eingenommenen Spendengeldern.
Koffer wurden monatelang gebraucht. Vor allem die mit Rollen waren überaus begehrt.

Begehrt ist inzwischen alles, was sich in der Kleiderkammer – sie nennt sich jetzt WunderTruhe – finden lässt. Im Mai 2016 wurde die Notaufnahme geschlossen. Doch Menschen, die sich in der WunderTruhe einkleiden, gibt es genug. Inzwischen dürfen alle dort „einkaufen“ – auch ich.

Magdalena kennt inzwischen meinen Geschmack. Vor Kurzem machte sie mich auf eine rote Jacke aufmerksam, kein „Plastikstoff“, Natur. Ich probierte sie an. Perfekt. Ein Griff ins Regal, und Magdalena zog ein passendes Tuch hervor.

Ich war verblüfft. Wie findet sie so schnell das Passende? Die Jacke drei Euro, das Tuch 50 Cent. Ich bezahlte etwas mehr.
Einige Tage nach meinem „Einkauf“ kam ich mit meiner neuen Lieblingsjacke und dem passenden Tuch als Zuschauerin in den voll besetzten Saal des Gemeindehauses. Dort präsentierte das Team der WunderTruhe die bereits dritte Modenschau.
Mich freute besonders, dass Models aller Art auftraten: eine Schwangere, eine junge Mutter mit Baby, Kinder, Frauen und Männer jeden Alters. Alle machten eine gute Figur. Die Gäste erwarben am Ende der Modenschau so manches Lieblingsstück.

Dass die WunderTruhe viel zu bieten hat, spricht sich herum. Auch kleine Geldbeträge summieren sich, und so erhielt das Haus ein zweites Vordach aus den Erlösen. Unter diesem Dach werden zu den Öffnungszeiten einige Ständer mit Kleidungsstücken aufgestellt, die zum Vorbeischauen einladen. Passanten bleiben aber auch außerhalb der Öffnungszeiten interessiert vor den mit Kleidungsstücken, Puppen, Deckchen und Geschirr dekorierten Fenstern stehen.

Die Erlöse der WunderTruhe werden weit gestreut. Einrichtungen und Vereine für Kinder, Jugendliche und ältere Menschen können sich etwas leisten, was in keinem Haushaltsetat vorgesehen ist. Auch die Tafel-Ausgabestelle, Tierschutzvereine, Hospize und Menschen in akuter Notlage freuen sich über die Hilfe.

Für ein neues Klavier im ev. Gemeindehaus steuerte die WunderTruhe 1.000 Euro bei.
Die Planung eines Partnerschaftsjubiläums mit 50 Gästen aus Oppach in der ehemaligen DDR wurde durch die Zusage erleichtert, die WunderTruhe finanziere ein gemeinsames Mittagessen für Gäste und Gastgeber.
Viel Geld bleibt also in der Gemeinde Schwanewede.
Die Menschen, die in der Kleiderkammer der Ökumenischen Initiative für Flüchtlinge ein- und ausgehen, äußern ihre Anerkennung. Sie trennen sich leichter von gut erhaltenen und qualitativ wertvollen Gegenständen, wenn sie wissen, dass sich andere darüber freuen und die Erlöse guten Zwecken zugeführt werden.

Ich sehe einen Zusammenhang zwischen den Altpapiersammlungen, den Bücherbasaren, der Tafel-Ausgabestelle und der Kleiderkammer.
Immer geht es um Ressourcen, die sinnvoll weiterverwendet werden. Das Vorhandene wird genutzt, Gedanken des Teilens werden verbreitet. Das macht mich froh.

Magdalena teilt diese Freude.
Nur noch selten ist sie krank. Ihre labile Gesundheit ist Vergangenheit.
Sie vertraut darauf, dass sie an der richtigen Stelle ist. Die neue Lebensaufgabe füllt sie aus und gibt ihrem Alter Glanz.

Dich zu haben

Wie du lächelst,
das tut gut.
Dass du da bist,
macht mir Mut.
Dein Vertrauen
gibt mir Kraft,
Zuspruch,
der mir Trost verschafft.
Ohne dich:
Die Welt wär fade.
Dich zu haben: Glück und Gnade!
Gudrun Pausewang

Konsequent leben

Letzter Mittwoch im Monat: seit 1995 findet in der Begegnungsstätte unser „Frauencafé international" statt.
Es ist Ende November, wir wollen etwas Besonderes anbieten und haben eine Frau eingeladen, die sehr geschickt ist im Binden von dekorativen Kränzen.

Sie bringt kistenweise grüne Zweige, Schleifen und Glitzer mit, dazu die passenden Drähte und geeignete Scheren. Bald sitzen Frauen aus Syrien, aus dem Irak, dem Libanon und dem Sudan und natürlich wir, die Einheimischen, bei einer Tasse Tee oder Kaffee an den gedeckten Tischen.

Auch Christel Witt ist dabei.
Sie beteiligt sich nicht an der Vor- und Nachbereitung des Cafés, sie bindet auch keinen Kranz.
Aber sie ist da: stille Beobachterin, vielleicht auch Genießerin, auf jeden Fall aufmerksame Gesprächspartnerin. Sie kommt fast immer zu den Einladungen der Ökumenischen Initiative. Sie gehört dazu.
Wenn sie fehlt, vermisse ich ihre Präsenz.

Gegen Ende des Cafés überreicht ihr Zahra aus Afghanistan einen aus verschiedenen Zweigen gebundenen Kranz mit rosa Schleife. Zahra drückt damit Wertschätzung und Dankbarkeit aus. Christel nimmt ihn mit einem Lächeln entgegen.

Christel fährt seit neun Jahren aus Bremen-Nord zu geflüchteten Jugendlichen und Erwachsenen nach Schwanewede. Ruhig sitzt sie dann neben ihnen und unterstützt sie mit großer Geduld beim Erlernen der deutschen Sprache.

Der erste Jugendliche war Shapal aus Syrien, er schaffte das Abitur. Sie half ihm nicht nur Deutsch zu lernen, sondern hatte selbst Freude an der Mathematik, die sie ihm auch in höheren Klassen beibrachte.
Stolz ist sie auch auf Nora aus Syrien, die sie jahrelang schulisch begleitete und die ihre Ausbildung zur

Arzthelferin mit Erfolg abschloss.
Samanta aus Mazedonien, Jerry aus Liberia, Isra aus dem Libanon, ein Ärzte-Ehepaar aus dem Sudan, Anida aus Albanien, Magd aus Syrien, Zahra und ihr Mann Morteza aus Afghanistan, sie alle erfuhren ihre Unterstützung, solange sie diese brauchten und wollten.

Christel ist konsequent. Wenn sie vergeblich kommt, weil nicht abgesagt wurde, wenn sie den Eindruck gewinnt, das Interesse sei nicht mehr in ausreichendem Maße vorhanden, dann hört sie auf. Dann wendet sie sich anderen zu, die ihre Hilfe ebenfalls benötigen, z.B. zwei Schwestern aus dem Irak. Zweimal pro Woche erhalten diese die Möglichkeit, mit ihr Deutsch zu lernen. Durch diese regelmäßige Unterstützung sollen die beiden Mädchen in ihren neuen Klassen leichter Fuß fassen. Den Eltern macht sie klar, dass sie nicht zum Kaffeetrinken und Essen kommt. Ein Glas Wasser genügt. Dann zieht sie sich mit den Kindern in ein ruhiges Zimmer zurück.
Dort wird gearbeitet.

Christel will sich auf eine Aufgabe konzentrieren.
Doch wenn es nötig ist und sie sich als Ärztin angesprochen fühlt, dann schreibt sie klug durchdachte Briefe an Behörden. Dann erwähnt sie auch ihre Position, die sie beruflich als Obermedizinalrätin im medizinischen Dienst der Krankenkassen ausgefüllt hat. Ihre frühere Sekretärin und Freundin Gabi bringt

die Briefe in Form und tippt sie ab. Es ist eine Gemeinschaftsarbeit, die mehrfach zum Erfolg führte.

Eines ihrer medizinischen Gutachten öffnete den Weg aus einem Kirchenasyl, zu dem wir uns gezwungen sahen, weil ein junger Afrikaner auf Grund des Dublin-Abkommens nach Italien zurückgeführt werden sollte. Ausgerechnet nach Italien, wo täglich unzählige Flüchtlinge strandeten, weil Italien am Mittelmeer liegt.
Unser Schützling blieb nur wenige Wochen im Kirchenasyl, so lange, bis sein Asylantrag in Deutschland bearbeitet werden konnte. Dass diese Ausnahmesituation so schnell beendet werden konnte, hatten wir auch Christel und Gabi zu verdanken. Ihre Stellungnahme überzeugte.

Christel bleibt zurückhaltend. Sie spricht selten über ihre Erfolge, doch die Freude darüber merke ich ihr an. Sie glaubt, dass auch die kleinste Hilfe es Menschen ermöglichen kann, in ein selbständiges Leben hineinzuwachsen.

Christel weiß, was Armut bedeutet, welche Ausgrenzung damit verbunden sein kann. Entbehrung und Angst, das hat sie auf ihrer Flucht selbst erlebt.
Als Kind floh sie im Januar 1945 mit Mutter, Tante, Großeltern, drei Geschwistern und zwei Cousinen von Ostpreußen über Mecklenburg ins Ruhrgebiet.

Sie empfindet die Situation der Geflüchteten von heute wesentlich belastender als ihre eigene von damals, denn sie kam nicht in eine fremde Kultur und musste keine neue Sprache lernen. Sie sagt, dass ihr der Staat nie angedroht habe, das Land wieder verlassen zu müssen.

Ihre eigenen Erfahrungen aus der Kindheit sind der Nährboden, auf dem ihr Engagement gedeiht – konsequent, liebevoll und großzügig.

Wie gut, dass sie zu unserer Gruppe gehört.

Vertrauen ist eine Oase im Herzen,
die von der Karawane des Denkens
nie erreicht wird.
Khalil Gibran (1883 – 1931)

Türen öffnen

Bettina und Sven vermieteten im Herbst 2015 ihre Einliegerwohnung an ein junges syrisches Ehepaar mit ihrem vor kurzem geborenen Baby. Dort in herrlicher Natur sollte es der kleinen geflüchteten Familie gut gehen. Die Hilfsbereitschaft der Nachbarn war groß.

Alle kannten die Fernsehbilder und jetzt lebte hier ein kleines Mädchen, das bei der Überfahrt nach Griechenland fast ertrunken wäre.

Die Eltern sollten schnell Deutsch lernen, sich mit ihrer Tochter an der frischen Luft erholen. Doch dies klappte nicht wie gewünscht, das Ehepaar aus Syrien wollte offensichtlich nur seine Ruhe.
Das Zusammenleben Tür an Tür mit so unterschiedlichen Erwartungen wurde bald zu anstrengend.
Die kleine Familie zog um.

Ich besuchte Bettina und Sven zum ersten Mal an einem Sommertag. Dort bot sich mir ein buntes Bild.

Junge Menschen hüpften auf dem Trampolin, beschäftigten sich mit den Pferden oder aßen selbstgebackenen Kuchen. Ich setzte mich dazu und beobachtete das fröhliche Treiben. Die Wohnungstür stand offen und alle gingen ein und aus.

Ich erfuhr, dass Bettina und Sven zusammen mit einer Freundin, mit den eigenen und mit Reitkindern angesichts der Flüchtlingsnot einfach zu einem Wohnheim gefahren waren und dort unbegleitete Jugendliche und junge Frauen kennenlernten, die überwiegend aus Somalia kamen.

Sie wollten ihnen helfen und ihnen Aufmerksamkeit schenken. Daraus entwickelten sich regelmäßige Besuche.
Wenn Bettina von den jungen Somalierinnen spricht, nennt sie diese liebevoll „die Mädchen“. Regelmäßig kommen sie samstagnachmittags aus Bremen, das direkt an Schwanewede grenzt. Dann fahren sie bis zur Landesgrenze, von wo Bettina oder Sven sie mit ihrem Bus abholen. Darin haben alle Platz, auch Kindersitze und Kinderwagen. Bettina und Sven haben ihn extra zu diesem Zweck angeschafft.
Beruflich fahren sie Linienbusse im Nahverkehr.

Bei meinem zweiten Besuch, diesmal im Winter, sitzen Jugendliche und Erwachsene vereint um den großen Küchentisch. Die Afrikanerinnen lernen, heben kaum ihre Köpfe, so sehr sind sie beschäftigt.

Ich lerne Christine kennen, die bei den Hausaufgaben hilft. Sie ist im ZONTA Club Bremen. „Der Name ZONTA ist der Symbolsprache der Sioux Indianer entlehnt und bedeutet ehrenhaft handeln, vertrauenswürdig und integer sein. Die Gründerinnen wählten ihn als Anspruch an das eigene Handeln.“ Das lese ich später auf der Homepage. ZONTA engagiert sich weltweit für die Verbesserung der Stellung der Frau in rechtlicher, politischer und wirtschaftlicher Hinsicht.

Christine erklärt mir, dass ihr Club die Arbeit von Bettina und Sven dank eines Basars finanziell unterstützte.

Wir unterhalten uns über völlig verschiedene Lebenswelten. Was die jungen Afrikanerinnen in unseren Schulen lernen, ist für sie oft unverständlich, weil ihre Lebenswirklichkeit bisher eine völlig andere war.
Wie sollen die Mädchen aus Somalia unsere Welt verstehen?
Sie kennen kaum größere Busse, Straßenbahnen schon gar nicht. Unsere Freizeitbeschäftigungen sind ganz anders als in Afrika.
Wir gehen wie selbstverständlich in eine Eisdiele. Die Mädchen aus Somalia holten Wasser vom Fluss oder vom Brunnen.
Den ganzen Tag über waren sie mit der Bewältigung ihres Alltags beschäftigt.

Bei Bettina und Sven üben sie nicht nur Schulwissen, sondern auch Fahrradfahren und sitzen zum ersten Mal auf einem Pferd.

Bettina erzählt, dass sie und ihr Mann und Sven vor Kurzem in der Wohnung von Zaynab waren.
Zaynab ist etwas älter, ihre vier Kinder musste sie in Somalia lassen. Dank ihrer Anerkennung als Flüchtling darf sie morgens einen Deutschkurs besuchen. Nachmittags putzt sie die Räume einer Post. Sie spricht dort kaum Deutsch.
Am liebsten möchte sie jeden Tag zu Bettina und Sven kommen.

Gerne würde sie – wie auch einige der jüngeren Mädchen – zu Bettina und Sven in die Einliegerwohnung ziehen, doch das geht nicht: Schwanewede gehört zu Niedersachsen, Bremen ist ein eigenes Bundesland. Was die beiden aneinander liegenden Orte trennt, ist die Landesgrenze. Diesseits und jenseits der Grenze gibt es unterschiedliche Gesetze.

Die Vorschriften lassen keine Ausnahmen zu, auch wenn ein Umzug noch so sinnvoll erscheint.
Als Bettina und Sven Zaynap besuchten, sahen sie, dass der Fernseher seit der Umstellung der Empfangsmöglichkeit nicht mehr funktionierte. Von sich aus würde Zaynab nicht davon sprechen, obwohl sie durch deutsche Sendungen ihr Deutsch verbessern möchte.

Auch die anderen Mädchen konnten nicht mehr fernsehen und so mehr Vertrautheit mit der deutschen Sprache gewinnen. Mindestens drei Receiver und drei Antennen wurden gebraucht.
Als Christine dies hört, ruft sie spontan beim Präsidenten eines Rotary-Clubs an – und bekommt die Zusage für das benötigte Geld!

Bettina und Sven werden in die Wohnungen fahren, die Fernseher funktionsfähig machen und nebenbei manches andere reparieren.

Eine junge Somalierin unterbricht für einen Moment das Erledigen ihrer Hausaufgaben. Sie legt ihre Arme um Bettinas Schulter und sagt: „Am Anfang war ich ganz schüchtern, jetzt nicht mehr. Ich darf hier an den Schrank gehen, mir eine Tasse holen und Tee kochen. Und wenn ich einmal Kinder habe, dann habe ich eine Familie, wo ich hingehen kann."

Bettina freut sich besonders über den letzten Satz, während Christine voller Überzeugung feststellt: „Vor dem, was diese Familie hier leistet, habe ich größte Hochachtung. Wir reden darüber, dass sich Geflüchtete integrieren sollen. Wie sollen sie das, wenn wir nicht unsere Türen öffnen und sie in unser Leben schauen lassen?
Hier geschieht das wie selbstverständlich."

Und dann sprudelt es aus Bettina heraus:

„Diese Mädchen hier haben niemanden. Wir haben genug zu essen, wir haben am Monatsende einen Euro mehr als wir ausgeben und statt Freizeit vor dem Fernseher zu verbringen, erleben wir Lebensgeschichten. Daraus ziehen wir Zufriedenheit.

Die Welt können wir nicht ändern. Aber hier in unserer kleinen Welt lernen auch unsere eigenen Kinder ohne Vorurteile und Grenzen im Hirn gegenüber anderen Kulturen zu leben.

Im Bus stoße ich oft auf abfällige Bemerkungen und Ausländerfeindlichkeit.
Mit Worten ist kaum jemand zu überzeugen.
Aber wir können etwas vorleben.
Manchmal sage ich, wenn ich Unverständnis für unsere Arbeit spüre:
‚Es ist Zufall, wo der liebe Gott uns hingesetzt hat. Stell dir vor, du wärst in eine somalische Familie hineingeboren. Stell dir vor, wie du dann leben würdest.'
Ich bin in einem kleinen Dorf in Mecklenburg-Vorpommern groß geworden und mit der engen Sicht des Sozialismus aufgewachsen. Diese Welt war für mich in Ordnung.
Als die Grenze geöffnet wurde, kam ich hierher, in eine komplett neue Welt.
Plötzlich musste ich selbständig entscheiden, was vorher für mich entschieden wurde.

Die neue komplexe Welt war für mich undurchschaubar.
Vielleicht verstehe ich deshalb diese Mädchen so gut.

Sven und ich arbeiten bewusst nicht in Vollzeit und nehmen damit manche Nachteile in Kauf.
Aber so haben wir Zeit für die Mädchen.

Sie gehören dazu. Das ist einfach so.“

Wer nicht Nein sagen kann,
der wird sein Ja oft nicht halten können.
Lebensweisheit

Nein sagen

Mittagszeit. Es klingelt an unserer Haustür. Eine uns bekannte irakische Familie ist mit einer neu zugezogenen Familie gekommen. Ich begrüße sie herzlich und denke gleichzeitig: „Wie finden wir weitere Ehrenamtliche?“

Seit mehr als einem Jahr bekommt Schwanewede keine neuen Flüchtlinge zugeteilt, weil die Aufnahmequote erfüllt ist. Dies bedeutet jedoch nicht, dass unsere Ökumenische Initiative sich nicht ständig vor neue Aufgaben gestellt sieht.
Ich lebe mit dem Gefühl, den neu Zugezogenen nicht gerecht werden zu können.

Die sechs neuen irakischen Familien in meiner Nachbarschaft flohen wie die meisten anderen 2015 nach Deutschland, wurden einer Gemeinde zugewiesen, lebten dort meist in einer Gemeinschaftsunterkunft, erhielten vom BAMF einen Aufenthaltsstatus und dürfen in einen anderen Wohnort innerhalb Niedersachsens ziehen.
In Schwanewede gibt es geeigneten Wohnraum. Eine Familie sagt es der anderen, und so ziehen sie zu uns:

Geflüchtete, die, weil sie unter das SGBII-Gesetz fallen und Geld vom Jobcenter beziehen, offiziell nicht mehr als Geflüchtete betrachtet werden. Sie sind „Zugezogene“ oder „Neubürger“.
Wohnungen mieten sie selbst an, für Möbel bekommen sie eine gewisse Summe, die aber bei weitem nicht für eine Einrichtung aus einem Möbelgeschäft reicht.

Auf mich wirken sie hilfsbedürftig wie die Flüchtlinge vor zwei Jahren.

Am Anfang erschrak ich, als ich in eine fast leere Wohnung trat, jetzt habe ich mich daran gewöhnt, dass auch noch nach Wochen kaum Möbel dort vorhanden sind.
Das Deutsch der Menschen, die vor unserer Haustür stehen, wirkt auf mich verwirrend. Heute fühle ich mich neuen Anfragen gegenüber nicht gewachsen.

Ich höre das Wort „Küche“ – und verstehe: die neue irakische Familie hat keine.
Vor Kurzem war ich mit der mir bekannten Familie bei einer Wohnungsauflösung. Den Transport der Möbel zu organisieren kostete mich Zeit und Kraft.
Der ältere Sohn der Familie war dabei und weiß, dass dort noch eine Küche steht.
Ich verweise auf ihn. Er kenne sich aus, spreche Deutsch und könne anrufen.
Ich empfinde dies als Absage.

Wie die Familie dies aufgenommen hat, weiß ich nicht. Wir verabschieden uns freundlich und beide Seiten entschuldigen sich.

Wohl fühle ich mich danach nicht.
Mein Nein kostet Kraft.
Aber noch mehr Kraft kostet es, mich um Möbel zu kümmern: Besichtigung vereinbaren, hinfahren, anschauen, verhandeln. Wer baut die Möbel ab? Wer baut sie wieder auf? Wie wird der Transport organisiert? NEIN.
Werden wir jemanden finden, der sich dafür eignet und diese Aufgabe gerne übernehmen möchte?

Normalerweise würde ich die neu zugezogenen Familien nacheinander besuchen. Doch auch dafür verspüre ich zurzeit nicht genug Kraft. Immer ist ein Besuch mit neuen Fragen verbunden, besonders mit Papieren, die nicht verstanden werden.

Die große Welle der Hilfsbereitschaft ist verebbt. Zurzeit ruft nur noch selten jemand an und möchte sich um eine Flüchtlingsfamilie kümmern.

Vielleicht schaffen die neuen Familien es ja auch alleine, helfen sich gegenseitig oder bekommen Hilfe von denjenigen, die schon länger da sind.
Also überlassen wir die Familien sich selbst?
Über ihre Möbel mag ich schon gar nicht nachdenken. Oder doch?

Ein Möbellager für die vielen angebotenen Möbel, das wäre eine Idee.
Dazu würden Mitarbeitende und ein Transportfahrzeug gebraucht. Das wäre sinnvoll für diejenigen, die gute gebrauchte Möbel nicht zum Sperrmüll stellen möchten und für diejenigen, die diese dringend benötigen. Immer wieder flackert dieser Zukunftstraum auf.
Für unmöglich halte ich ihn nicht, denn auch die Tafel-Ausgabestelle und die Kleiderkammer waren einst Träume, bis sie dank engagierter Mitmenschen und einer Türen öffnenden Gemeindeverwaltung wahr wurden.

Die beiden irakischen Familien vor unserer Haustür sind in ihre teilweise leeren Wohnungen zurückgekehrt.
Ich mache Mittagspause.
Danach schaue ich in unserer WunderTruhe vorbei. Dort hängen an einer Pin-Wand kleine Zettel mit Möbelangeboten.
Anrufen könnte ich ja.

Mein Nein bröckelt.

Wege entstehen dadurch,
dass wir sie gehen.
Franz Kafka (1883 - 1924)

Anträge stellen

Ohne Elke Wege und Jürgen Stegmann hätte ich es nicht geschafft. Jürgen leitet die Begegnungsstätte in Schwanewede – kurz BGS genannt – Elke ist für die Büroarbeiten zuständig. Beide haben manche Wege für die Anliegen unserer Ökumenischen Initiative für Flüchtlinge gebahnt.
In der BGS gehen Menschen ein und aus. Sie belegen Kurse, besuchen Vorträge, feiern. In den Räumen im Untergeschoss fühlen Jugendliche sich wie zu Hause.

Dort unten ist auch ein kleiner Raum für eine Fahrradwerkstatt, die in Zusammenarbeit mit der Begegnungsstätte und der Ökumenischen Initiative entstand. Seit 2015 repariert ein Team gespendete Fahrräder, die für 10 Euro an Geflüchtete weitergegeben werden.
Inzwischen wurden etwa 200 Fahrräder verkehrssicher gemacht. Anleitung und Hilfe beim Reparieren können sich alle Interessierten einmal im Monat holen. Zu diesem Zeitpunkt findet auch das internationale Frauencafé in der BGS statt.
Im Herbst 2015 wurden dort mehrere ehrenamtliche Deutschkurse durchgeführt und syrische Männer

erhielten die Möglichkeit, sich zu einem Männercafé zu treffen.

Vierzehntägig wird ein Raum zu einer Nähstube umgewandelt. Karin und Ingrid bringen Nähmaschinen und Stoffe mit. Beide kennen sich als ehemalige Textil-Lehrerinnen prima aus.
Frauen und manchmal auch Männer nähen unter ihrer Anleitung Gardinen, Kissen, Tischdecken, kürzen Hosen oder bringen Kleidungsstücke in Form, die sie nicht selten in der Kleiderkammer erworben haben.

Im Forum finden wechselnde Ausstellungen statt, die so beliebt sind, dass lange Anmeldezeiten nötig sind.

Ohne das Team der Begegnungsstätte hätten wir dort keine Ausstellungen zustande gebracht, und insbesondere wären die Anträge für die Initiative „Stiftungen helfen“ nicht gestellt worden.
Das Ausfüllen der Online-Formulare gelang durch Jürgens Know-how.
Elke kümmerte sich um die weiteren Formalitäten und gab hilfreiche Tipps für praktische Dinge.
Die Initiative „Stiftungen helfen“ hielt, was sie verspricht: schnelle und unkomplizierte Förderung ehrenamtlicher Projekte bis zu einer Höhe von 500 Euro.
Der erste Antrag bezog sich auf unsere Ausstellung „Aus Alt macht Neu“. Er wurde genehmigt.
Es ging um den Neuanfang Geflüchteter. Auch die Fahrradwerkstatt, die Nähstube, die Kleiderkammer

und die Tafelausgabestelle erhielten ihren Platz in der Ausstellung. Zur Eröffnungsfeier entstand ein reiches Büffet mit internationalen Köstlichkeiten.

Ein Jahr später wagten wir es, um Unterstützung für ein Doppel-Projekt zu bitten.
Wir luden zu einem Filmabend mit dem syrischen Regisseur Nehad Hussein ein. In Bremen hatte er seinen Film „Akkordeon“ gedreht, der von Ankunft, Leben und Gefühlen syrischer Geflüchteter berichtet. Der Akkordeonspieler aus dem Balkan, der mit seinen Melodien im Film die Verbindung zwischen den Szenen herstellt, kam ebenfalls zum Filmabend.
Er begeisterte uns mit seinen temperamentvollen und melancholischen Stücken.

Im Film stellt sich neben anderen Künstlern der syrische Maler Naser Agha vor.
Auch er machte sich aus Bremen zu uns auf den Weg. Ich freute mich über dieses Zusammenwirken.

Einen Monat später stellte Naser Agha einen Teil seiner farbkräftigen Bilder im Rahmen unserer Ausstellung „Kunst des Über-Lebens“ in der Begegnungsstätte aus. Diese zeigen Motive aus Aleppo und Bremen. Wir eröffneten die Ausstellung mit einer Feier.
Ich war stolz und glücklich, einen bedeutenden syrischen Künstler zu Gast zu haben, freute mich aber auch über die weiteren Beiträge, die während der Feier vorgestellt wurden. Zum Beispiel hatten Schü-

lerinnen und Schüler der Waldschule ein eindrucksvolles Fenster geschaffen, auf dem die Zerstörung Bremens und dessen Wiederaufbau nach dem Zweiten Weltkrieg anschaulich dokumentiert wurden.

Eine lange Tafel mit den unterschiedlichsten syrischen Spezialitäten rundete diese besondere Ausstellungseröffnung ab.

Die Zusammenarbeit mit dem Team der Begegnungsstätte kann ich mir nicht besser vorstellen. Auch die finanzielle Hilfe von „Stiftungen helfen" erleichterte erheblich die Durchführung unserer besonderen Aktivitäten.

Während der Vorbereitungen auf den Filmabend und die Ausstellung erhielt ich per Mail von verschiedenen Seiten immer wieder das Angebot, einen Förderantrag zur Stärkung des bürgerschaftlichen Engagements zur Integration Geflüchteter zu stellen.
Mit dem bundesweiten Programm „500 LandInitiativen" sollte dank des Bundesministeriums für Ernährung und Landwirtschaft gezielt das Ehrenamt in ländlichen Regionen unterstützt werden.

Eine Förderung zwischen 1.000 und 10.000 Euro für konkrete Projekte oder Anschaffungen war möglich. Das erschien mir eine Nummer zu groß, doch sprach ich in unserer Initiative davon. Als Idee wurde die Beantragung von Laptops geäußert, damit Frauen, die wegen ihrer kleinen Kinder keinen Deutschkurs

besuchen können, eine Gelegenheit zum Deutschlernen erhalten.
Es blieb vorerst bei der Idee, ein Antrag wurde nicht gestellt.

Dann kam die Begegnung mit einer Kunsttherapeutin. Im Laufe unserer Ausstellungseröffnung saß sie neben mir. Bezaubert von der Anwesenheit des syrischen Malers und den verschiedenen kreativen Beiträgen sagte ich ihr, wie schön es doch wäre, wenn Ehrenamtliche und Menschen aus den verschiedensten Herkunftsländern weiterhin gemeinsam schöpferisch tätig sein könnten.

Zu meiner Überraschung war sie sofort bereit, in Schwanewede ein kunsttherapeutisches Projekt durchzuführen. Sie schickte mir ihre Projektbeschreibung. Jetzt wusste ich, was ich in den Antrag für die Fördermaßnahme „500 LandInitiativen" schreiben konnte. Es war noch nicht zu spät, aber höchste Zeit.
Meine Scheu vor Online-Anträgen war überwunden. Auch die Idee, Laptops zu beantragen, war inzwischen gereift.

Tatsächlich wurden beide Projekte gefördert.
Wir kauften zehn Laptops und installierten ein Deutschprogramm.
Frauen, die sonst eher zu Hause bleiben, kamen ins Gemeindehaus, wurden in das Programm eingeführt

und durften stolz einen zum Deutschlernen geliehenen Laptop mit nach Hause nehmen.

Marion, die Kunsttherapeutin, bestellte drei schwere Pakete mit schönsten Kunstmaterialien. Wir lagern diese in einem Raum des Gemeindehauses, der sich für dieses Projekt eignet. Entweder im Gemeindehaus oder in der Begegnungsstätte finden wir immer wieder passende Räume – und dies kostenlos.
Uns ist bewusst, dass wir ideale Bedingungen haben.

Der Kunstkurs wird zurzeit überwiegend von Frauen wahrgenommen. Marion erklärt die Aufgabenstellung, die uns manchmal verwundert.
Doch dann sind die Teilnehmenden erstaunt, was unter ihren Händen entsteht. Durch vorsichtige Anmerkungen regt Marion zum Nachdenken an.
Im gemeinsamen Austausch über die entstandenen Werke werden neue Einsichten geboren.
Es herrscht trotz allem Belastenden, das hochkommen kann, eine wohltuende Atmosphäre.
Eine gemeinsame Ausstellung mit dem Thema „Kultur in Farbe“ ist geplant.

Die beiden geförderten Projekte benötigen Achtsamkeit und Begleitung, damit sie über Monate gelingen. Durch diese Angebote können Ideen umgesetzt werden, die uns Ehrenamtlichen und den Mitmenschen aus aller Welt neue Erfahrungen, Antrieb, Mut und Selbstvertrauen schenken.

Man sieht nur mit dem Herzen gut.
Das Wesentliche ist für die Augen unsichtbar.
Antoine de Saint – Exupéry (1900 – 1944)

Erinnern

Plötzlich steht Selva vor mir. Wir begrüßen uns voller Freude.
Selvas Herzlichkeit wärmt von innen.

Selva lebt seit Ende 1983 in Schwanewede.
Seitdem kennen und mögen wir uns.

Drei Jahre nach seiner Ankunft gab es damals plötzlich Probleme mit den Mietern des Hochhauses, in dem Selva sich mit drei weiteren Männern eine Wohnung teilte. Im Haus wurden Unterschriften gegen diese Wohngemeinschaft gesammelt. Die Reaktion der damaligen Wohnungsbaugesellschaft war prompt: sie wollte nicht mehr an Asylsuchende vermieten.
Die Gemeindeverwaltung informierte unsere Ökumenische Initiative.

Daraufhin machte ich mich zusammen mit einer anderen Ehrenamtlichen noch am selben Tag auf den Weg in das Hochhaus.

Nur ungern sprachen wir mit den vom Unmut betroffenen jungen Männern über diese Unterschriftensammlung.
Sie waren in der Tat sehr niedergeschlagen, aber auch erbost über das Verhalten einiger ihrer Nachbarn.

Wir Ehrenamtlichen kannten die Bewohner nicht, gingen aber von Tür zu Tür, klopften an und sprachen über das Problem.
Zu unserer Erleichterung war es eigentlich gar keins, denn die meisten Leute hatten den Asylsuchenden nichts vorzuwerfen und nicht unterschrieben.

Selva nahm uns trotz später Stunde mit zu „Mama", einer älteren Frau, die uns bisher unbekannt war. Er wollte uns diese Frau unbedingt vorstellen.
Wir wussten nicht, ob wir lachen oder weinen sollten, denn obwohl uns ein unerfreulicher Anlass zu dieser Frau geführt hatte, waren wir doch glücklich, sie kennenzulernen.
Sie erklärte uns die Verhältnisse im Hochhaus.
Wir planten eine Gegenunterschriftensammlung, in der die Mieter ihr Einverständnis für das Zusammenwohnen mit Asylsuchenden geben sollten.

Diese Unterschriftensammlung wurde viel länger als die erste. Die Wohnungsbaugesellschaft und die Gemeindeverwaltung erhielten ein Exemplar.

In einem Gespräch der Verantwortlichen, zu dem wir auch geladen waren, nahm die Wohnungsbaugesellschaft ihre Entscheidung zurück.

„Mama“ Hanna Nitschke erlebte so viel – wir erlebten so viel.
Schon damals fühlte ich mich gedrängt, es aufzuschreiben.
Ihre Worte berühren mich heute ebenso stark wie damals vor 30 Jahren.

„Als ich jung war, habe ich mir das Alter als eine langweilige, traurige Zeit vorgestellt und mich gefürchtet vor der Einsamkeit. Inzwischen bin ich 75 Jahre alt geworden und habe erfahren, dass gerade das Alter ein sehr schöner Lebensabschnitt sein kann. Die Voraussetzung dafür ist natürlich, dass man gesund ist und sein Auskommen hat. Und man muss das Altwerden lernen.

Es ist nicht leicht, aber wenn man es geschafft hat, sieht man, wie viel Schönes und Interessantes das Leben auch einer ‚Greisin‘ noch zu bieten hat.
Es gibt vieles, wovon ich erzählen könnte, aber über eine Sache möchte ich heute berichten, meine Begegnung mit Ausländern oder Asylsuchenden.

Ich wohne in einem Hochhaus, und man gewöhnt sich daran, vielen Menschen zu begegnen.

Als ich an einem Morgen zum Briefkasten ging, traf ich dort eine Gruppe junger Männer. Ich habe sie für Inder gehalten. Sie schienen irgendwie verunsichert und ratlos zu sein, und ich fragte, ob sie Probleme hätten. Es gab da einige Schwierigkeiten, und ich habe sie an den Hausmeister verwiesen.
Die Verständigung war nicht ganz einfach, aber einer der jungen Leute sprach etwas Deutsch. Auf meine Frage erzählte er mir, dass sie Tamilen seien und aus Sri Lanka (Ceylon) kämen.

Ceylon – das bedeutete für mich Sonne, Dschungel, Tiger, Elefanten, riesige Buddha-Statuen und Ceylon-Tee. Das war aber auch alles, was ich darüber wusste. Ich holte meinen Atlas hervor: da lag Sri Lanka – und da Deutschland.

Mein Interesse war geweckt, und ich hoffte, diesen Menschen wieder zu begegnen. Was hat sie veranlasst, ihre sonnige Insel zu verlassen und nach Deutschland zu kommen?

Einige Tage später traf ich sie wieder, natürlich am Briefkasten. Freudestrahlend erzählten sie mir, dass sie Post bekommen hätten, Post aus der Heimat. Und sie zeigten mir die Briefe mit vielen seltenen Briefmarken. Ich habe gefragt, ob ich einige davon bekommen könnte. Einer von ihnen bot mir an, mir die Briefmarken zu bringen.

Es ging mir gar nicht so sehr um die Briefmarken. Ich wollte diese Menschen kennenlernen und etwas erfahren über die Beweggründe ihrer Flucht und wie sie mit dem Leben hier in Deutschland, also einer völlig fremden Umgebung, fertig werden.

Noch am selben Nachmittag stand der Junge mit den Briefmarken an meiner Tür. Ich lud ihn zu einer Tasse Kaffee ein, und wir haben geredet, geredet und geredet.

Zum ersten Mal erfuhr ich etwas über die Geschichte Sri Lankas und die Probleme der Tamilen.
Nun wusste ich auch, warum die jungen Männer Heimat und Familie verlassen mussten.

Francis (so heißt er) stammt aus Jaffna, dem nördlichen Teil der Insel, der vorwiegend von Tamilen bewohnt wird. Trotz seiner geringen Deutschkenntnisse verstand ich ihn gut. Ich spürte, dass er Heimweh hatte, Heimweh nach seinen Eltern und nach seiner Verlobten, dazu noch die Sorge um seine Zukunft.

Jedenfalls gefiel mir der Junge.
Dass er schon 26 Jahre alt war, erfuhr ich erst später. Ganz spontan beschloss ich, mich um ihn und seine Landsleute zu kümmern.

Er nannte mich einfach „Mama“, und dabei blieb es.

„Mama“ war ich auch bald für andere Asylsuchende, die ich mit der Zeit kennenlernte.

Francis war meine erste Bekanntschaft.
Wir kennen uns nun drei Jahre, und es ist trotz des Altersunterschiedes eine gute Freundschaft geblieben.
Er kommt mit seinen Problemen zu mir, und wenn ich einmal Hilfe brauche, ist er für mich da.
Francis hat sich in diesen Jahren ganz schön ‚gemausert'. Er spricht schon recht gut Deutsch, ist sehr selbständig und sicher geworden und hat auch viele Menschen kennengelernt.

Meine Bekanntschaft mit Francis war zuerst nicht ganz problemlos. Es gab sehr viel Missbilligung, wenn ich mit ihm durch den Ort ging. Jetzt hat man sich daran gewöhnt. Von meiner Familie und meinen Freunden wurde er sehr schnell akzeptiert. Er gehört einfach dazu.“

Ja, Francis oder auch Selva, wie ich ihn nenne, gehört dazu.
Auch Mama Hanna Nitschke gehört immer noch dazu.
Sie war fast zwei Jahre lang aus unserer Gruppe, der Ökumenischen Initiative, nicht wegzudenken.
Sie war dankbar, in ihrem Alter eine solche Gemeinschaft zu erleben.

Manchmal wies sie auf ihre geringe Schulbildung hin. Dass sie keine Fremdsprache erlernt hatte, fiel nicht ins Gewicht. Sie verstand sich mit allen.

Im Mai 1988 starb sie nach kurzer Krankheit.
Gemeinsam gingen wir, Asylsuchende und Einheimische, in einem großen Zug von „ihrem" Hochhaus quer durch Schwanewede zur Trauerfeier. Dort lag unsere letzte Gabe, ein Kranz mit der Aufschrift: „Wir nehmen Abschied. Deine Kinder aus aller Welt."

In unserer Erinnerung lebt sie weiter. Sie ist ein unvergessliches Beispiel für eine Frau, die durch ihr einfaches Dasein Güte verströmte.

Hoffnung ist nicht die Überzeugung,
dass etwas gut ausgeht,
sondern die Gewissheit,
dass etwas Sinn hat, egal wie es ausgeht.
Vaclav Havel (1936 – 2011)

Zukunft gestalten

„Selva, ich schreibe ein Buch."
„Das ist eine gute Idee." Seine Augen strahlen.

Wir treffen uns in der WunderTruhe, der Kleiderkammer der Ökumenischen Initiative. Dort treffe ich auch Khalat. Die junge Syrerin ist Anfang zwanzig, Selva bald 60 Jahre alt. Beide gehören zu meinem Leben.

Selva lebt seit über 30 Jahren in Schwanewede.
Seine Tochter wird Lehrerin, sein Sohn steckt im Abitur. Seine Frau unterstützt ihn im Restaurant, sie mixt Cocktails und übernimmt alle Arbeiten, die anfallen.
In diesem Restaurant hat er zunächst gejobbt.
Als es aufgegeben werden sollte, übernahmen er und Newton die Verantwortung.
Newton floh als 16-jähriger unbegleiteter Flüchtling aus Sri Lanka, Selva nahm ihn auf.

Das Restaurant führen sie gemeinsam. Beide haben ein weiteres berufliches Standbein.

Selva erlernte den Beruf des Elektrikers beim Bauhof der Gemeinde Schwanewede und arbeitet seit mehr als 20 Jahren bei Mercedes.
Newton wurde Automechaniker und hat eine eigene Werkstatt.
Gemeinsam ließen sie ein Doppelhaus bauen und erledigten selbst eine Menge handwerklicher Arbeiten. Beide Familien wohnen Tür an Tür und unterstützen sich gegenseitig.

Sie arbeiten viel. Ihre Freundlichkeit und ihr Lächeln verlieren sie nicht.
Die Sehnsucht nach Sri Lanka bleibt.
Sri Lanka: ein Land mit Palmen und paradiesischen Stränden – aber auch ein Land, in dem ein blutiger Bürgerkrieg wütete.

Am zweiten Weihnachtstag, dem 26.Dezember 2004, geschah eine weitere Katastrophe.
Die Wellen eines Tsunamis überrollten 14 Länder, auch die Küsten Sri Lankas.

Die Weihnachtsstimmung war verdorben.
Zusammen mit den in Schwanewede und umzu lebenden Tamilen zündeten wir Kerzen auf dem Marktplatz an.
Wir waren erschüttert, gedachten der Opfer und wollten etwas tun.
„Ein Krankenhaus für Mullaitivu“, das war die Idee einer Tamilin, die sich in dieser Region im Norden

Sri Lankas auskennt. Wir riefen zu Spenden auf und hatten Erfolg.
Eine Berufsschule gab ihren Schülerinnen und Schülern einen Tag frei, um zu arbeiten und das Geld zu spenden. Daraufhin durften wir gemeinsam mit unserem Bürgermeister einen Scheck in Höhe von 10.000 Euro abholen.

Wir organisierten Benefiz-Veranstaltungen und einen Stand auf dem Kirchentag in Hannover.
Aus Sri Lanka bekamen wir Fotos von den Verwüstungen – und von zwei Häusern im Rohbau, die durch unsere Hilfe entstanden waren.
Die Aufgabe schweißte uns zusammen.
Doch dann stürzte der Plan eines kleinen Krankenhauses im erneuten Aufflammen des Bürgerkrieges zusammen.
Das Gebiet um Mullaitivu wurde zur Sperrzone für Tamilen erklärt. Unser restliches Spendengeld ging an Familien in Sri Lanka, die es wegen der Behinderung eines Familienmitglieds besonders schwer hatten. Wir erhielten Fotos, die dankbare Menschen zeigten.

Ich frage Selva: „Soll ich auch über Mullaitivu schreiben? Es ist ja kein Krankenhaus entstanden."
Sein „Ja" kommt ohne Zögern. Er ist davon überzeugt, dass unser Handeln dennoch Sinn hatte.
„Wir haben es versucht. Sonst wären wir ganz hilflos gewesen. Es war gut so."

Während wir uns unterhalten, probiert Khalat einen Pullover an. Er passt. Auch die Farben sind schön. Selva freut sich, er schenkt ihr den Pullover.

Für mich ist dies eine Begegnung, die über 30 Jahre meines Lebens verbindet.
Menschen stranden in Schwanewede.
Die einen sind inzwischen heimisch geworden und dennoch mit ihrer Herkunftsheimat verbunden.
Sie könnten als „Mehrheimische“ bezeichnet werden.

Die anderen sitzen noch zwischen allen Stühlen, wissen nicht, wie es weiter geht.
Sie wissen nicht, ob Angehörige und Freunde Krieg und Gewalt in ihrem Herkunftsland überleben.
Sie hören die politischen Debatten und fragen sich, ob sie in Deutschland bleiben dürfen.
Dennoch bemühen sich viele, sich in unserem Land einzubringen, zu lernen und dann mit selbstverdientem Geld Zukunft zu bauen.

Ich hoffe, dass es ihnen gelingt, wie es Selva und Newton mit ihren Familien gelungen ist.

Suche nicht die großen Worte,
eine kleine Geste genügt.
Phil Bosman (1922-2012)

Innehalten

Montag, 19. Februar 2018.
Die Sonne scheint, Kälte und Licht. Ich gehe zu Fuß, er fährt Rad.
Heute hält er an. „Wie geht es?“ „Nicht gut.“
Seit gestern fallen Bomben auf Ost-Ghuta, einen Stadtteil von Damaskus.

Er kommt von dort. Von dort kommt auch seine Frau. Dort wohnen die Familien der Geschwister. Seine Handbewegung zeigt: Von oben kommt Lebensbedrohung über die Menschen. Rauch. Dunkel. Flammen.
Flucht in den Keller. Die Kinder…
Verzweifelte Worte, sprechende Bewegungen. „Die Menschen essen…“ Er zeigt auf Gras. Er sucht Sprache, seine Stimme stockt, zurückgedrängte Tränen.

Ich stehe da, höre, verstehe, lege meine Hand auf seinen Arm, lasse Augen und Herz sprechen. Er fährt weiter zum nächsten Supermarkt, mit einer Tüte leerer Plastikflaschen.
Ein paar Schritte weiter erreiche ich mein Ziel, die Nähstube in der Begegnungsstätte. Karin und Ingrid

schneiden mit zwei syrischen Frauen bunt gemusterte Stoffe zu. Als eine dritte Syrerin in der Tür steht, steht auch die Idee: „Kommenden Samstag, 11.00 Uhr, stilles Gedenken für Syrien auf dem Marktplatz.“ Zustimmung.

Mir fällt auf, wie mit dieser Zustimmung Schwere von meinen Schultern fällt.

Die absolute Hilf- und Ratlosigkeit ist auf dem Weg, sich in Tun zu verwandeln. Zu Hause formuliere ich einen Antrag für das Ordnungsamt.
Am nächsten Tag bringe ich ihn persönlich dorthin. Ich gehe wieder zu Fuß, mache Schritte, um das Mögliche zu tun und mich von der Last zu befreien.

Dienstag, 20. Februar.
Marion bietet im Gemeindehaus kunsttherapeutisches Malen an. Alle Plätze sind besetzt. Auch Ahmad ist dabei, der erste Mann in einer Gruppe von geflüchteten Frauen und Ehrenamtlichen. Ahmad, Lehrer und Dichter aus Afrin, haben wir persönlich angesprochen und eingeladen.
Malen kann auch Männern gut tun.

Auch in seinem Heimatort Afrin im Norden Syriens fallen Bomben, bereits seit einem Monat. Deutsche Panzer wurden gesichtet.
Deutschland muss diese an die Türkei verkauft haben. Sonst könnten sie dort nicht sein. Die Türkei

setzt sich durch, gegen die Kurden, unsere Rüstungsindustrie profitiert.
Mal hört Ahmad etwas von seinen Verwandten, mal ist tagelang Funkstille. Diese quälende Unsicherheit, diese blutigen Bilder auf dem Smartphone sind kaum auszuhalten.
Ich wehre ab, will die Bilder nicht sehen.
Was ich gesehen habe, ist schon zu viel.
Ein Vater, der zwei kleine Kinder auf dem Arm trägt, das eine lebt, das andere kreideweiß. Tot.

Ahmad betont, dass Afrin eine Stadt mit viel Freiheit war. Moslems, Jesiden und Christen wohnten friedlich beieinander. Frauen und Männer waren gleichberechtigt. Das ist vorbei.

Heute malt Ahmad in Schwanewede das erste Bild seines Lebens.
Mit ein paar Pinselstrichen entstehen zwei fröhliche Kinder, die Haare wehen im Wind, sie springen und hüpfen. Über ihnen: zwei große, frei schwebende, grüne Blätter. Das ist sein Bild für eine unbeschwerte Kindheit.

Dann ein großes Haus, sichere Mauern, darüber ein rotes Blatt, Ausdruck für Energie und Kraft.
Auch das gehört zur Vergangenheit.

Das Jetzt, eine Katastrophe aus Schwarz und Rot, darüber ein schwarzes Flugzeug, das dunkle Punkte, Bomben, Tod abwirft.

Wo soll da Hoffnung herkommen? Die Angehörigen sind mittendrin.

Dort, wo Olivenbäume wachsen, tobt die „Operation Olivenzweig“.
Ein Friedenssymbol, umgewandelt in sein grausiges Gegenteil.

Mittwoch, 21. Februar.
Beim Einschalten des Computers springt mir eine Nachricht entgegen: „Eskalation in Syrien. Entsetzen über das Töten in Ost-Ghuta und Afrin.“
Sprachlosigkeit bei Unicef.
Das Uno-Kinderhilfswerk veröffentlicht eine leere Presseerklärung, die sich auf diese Feststellung beschränkt: „Keine Worte können den Kindern, Müttern, Vätern und ihren Angehörigen Gerechtigkeit bringen.“
Eine Presseerklärung mit leeren Zeilen, hat es das jemals gegeben?

Donnerstag, 22. Februar.
Von der Gemeindeverwaltung bekomme ich die Genehmigung für unser Gedenken auf dem Marktplatz.
Ich schreibe einen kurzen Bericht an die Presse.
Dann gehe ich zu den beiden Familien, von denen ich weiß, dass sie aus Ost-Ghuta und Afrin kommen. Sie sollen wissen, dass sie den Anstoß für dieses Gedenken gegeben haben und sich unseres Mitgefühls sicher sein.

Freitag, 23. Februar.
So gut ich kann, verbreite ich die Nachricht weiter.
Wer wird kommen?
Bei der Kälte? Und so kurzfristig?

Samstag, 24. Februar.
Wer heute Morgen die Zeitung liest, weiß, dass um 11.00 Uhr ein Syrien-Gedenken auf dem Marktplatz stattfindet.
Dort treffe ich als erstes eine fünfköpfige syrische Familie. Sie ist eine Viertelstunde vor dem Termin gekommen.
Nach und nach begrüßen sich weitere Menschen, geflüchtete und einheimische.

Nur vereinzelt gehen Menschen zum Einkaufen über den Wochenmarkt. Es ist einfach zu kalt. Aber wieder scheint die Sonne.

Wir stellen eine Kerze in einer orientalisch wirkenden Laterne auf das Steinpflaster. Diese bildet unsere gemeinsame Mitte. Um die Kerze legen wir einen schwarzen Wollschal und darauf eine weiße Rose.

Wir stellen uns im Kreis um dieses sprechende Bild. So können sich unsere Augen an etwas festhalten, so konzentrieren wir uns auf das Gemeinsame.
Wir reichen uns die Hände, denken an Syrien, erflehen ein Ende dieses Elends, erhoffen Frieden und schweigen.

Schweigen. Was ändert das? Ein Aufschrei müsste durch Europa gehen, ein Ende des Tötens herbeigezwungen werden.
Doch mehr als schweigen können wir im Moment nicht tun.
Kinder, Frauen, Männer, Einheimische, Mehrheimische, Menschen aus Syrien, dem Irak, Afghanistan, Sri Lanka – für einige Minuten stehen und halten sie buchstäblich zusammen. Wir sind eine Menschheitsfamilie. Dieses Bild bleibt.

Wir löschen die Kerze, verabschieden uns. Die weiße Rose schenke ich Selva. Er hat die zu Schwanewede gehörenden Tamilen informiert. Sie sind gekommen. Gemeinsam mit ihnen gehen wir seit über drei Jahrzehnten durch Höhen und Tiefen. Nachdem die todbringenden Wellen eines Tsunamis 2004 den Küstenstreifen Sri Lankas verwüsteten, trafen wir uns mehrfach am Jahrestag zum stillen Gedenken auf dem Marktplatz.

Selva weiß, was sich hinter meiner Geste verbirgt.
Er nimmt die weiße Rose dankend an.

Dann legt er sie zurück in die Mitte.
Wir bilden erneut einen Kreis. Einige Anteilnehmende sind bereits gegangen, andere kommen erst jetzt dazu.

Der schwarze Schal scheint die Rose zu schützen.

Die Laterne ist nicht mehr da, aber ich habe eine kleine Packung Streichhölzer in meiner Jackentasche. Darauf ist ein kleines strahlendes Licht auf dunklem Hintergrund zu sehen mit dazu passendem Spruch:
„Es ist besser, ein Licht anzuzünden, und sei es nur ein kleines, als über die Dunkelheit in der Welt zu klagen."
Eine Mitarbeiterin des Vereins Afghanistan-Schulen hat diese Botschaft auf die Streichholzschachtel geklebt. Damit hat sie wohl nicht gerechnet, dass dieses kleine Werk eines Tages auf einem schwarzen Schal neben einer weißen Rose auf dem Marktplatz liegt.

Unsere zweite Gedenkrunde ist nicht weniger intensiv als die erste.

Danach entstehen Gespräche.
Eine Frau sagt, sie müsse seit heute Morgen an ihre ersten fünf Lebensjahre denken. Diese habe sie im Krieg verbracht. Sie weiß, wie sich Dunkelheit mitten am Tag und das Verkriechen im Keller anfühlen. Sie erinnert sich, wie unangenehm es ihr war, dass sie als kleines Kind während des Krieges eine Tasche mit zu reparierenden Socken verloren hatte und ihre Mutter sie danach fragte.

Eine andere fühlt sich krank, die Grippe geht um. Doch sie hat teilgenommen, seit einem Monat erlebt sie den Schmerz der von ihr betreuten Familie.
Ob sie auch deshalb nicht genug Abwehrkräfte hat?

Jemand fragt, warum wir hier stehen.
Wir erklären es.

Einige Syrer lernen die Tamilen kennen.
Die „Neuen“ können viel von denen lernen, die schon seit drei Jahrzehnten hier sind.

Mehr als fünfzig Menschen sind an diesem kalten Wintermorgen auf den Marktplatz gekommen und haben ein Zeichen gesetzt.
Sie haben Betroffenheit, Mitgefühl, Trauer und Solidarität gezeigt.

Alles beginnt mit der Sehnsucht.
Nelly Sachs 1891-1970

Bewusst leben

Wie viele Jahre wir nicht miteinander telefoniert haben, weiß ich nicht.
Und doch sind wir uns vertraut. Wir sprechen miteinander, als hätten wir uns erst gestern gesehen.
Khalil nennt Namen von damals: Norbert, Bernd, Sven.
Die fast Gleichaltrigen, die ihm in Schwanewede freundschaftlich begegneten, fallen ihm sofort ein.

Dann folgt seine Trauer: „Jeden Tag wird es schlimmer. Tag für Tag haben wir gehofft, in unser Land zurückzukehren. Bis heute hat Afghanistan keine Ruhe gefunden. Die Menschen leiden."

Khalil kenne ich seit Beginn des Jahres 1981. Er und drei weitere Männer waren 1979 geflohen, als die sowjetische Armee in ihr Land einmarschierte.
Wir trafen sie in Schlichtbauten am Ortsrand.
Dort wohnten auch zwei Bengalen und einige junge Männer aus Ghana, Indien, Sri Lanka, Somalia und Pakistan.
Die Wohnverhältnisse ließen mir keine Ruhe.
Alleine wollte ich die bedrückende Last nicht tragen.

Wenige Tage später gingen mein Mann und ich zusammen mit weiteren Interessierten zu den jungen Männern und luden sie zu einer Tasse Tee ins ev. Gemeindehaus ein.
Diese erste internationale Teerunde war der Beginn unserer Ökumenische Initiative für Flüchtlinge.

Die Begegnung mit Khalil hat mich besonders geprägt, obwohl er nur etwas mehr als drei Jahre in Schwanewede wohnte. Dann zog er in die Nähe seines Bruders nach Süddeutschland.

Im Laufe der Jahre gründete er eine Familie, eröffnete ein Geschäft und kaufte ein Haus.
Ich besuchte ihn in seinem Geschäft in Konstanz. Perlen über Perlen, Lapislazuli aus Afghanistan, orientalische Stoffe und Lampen, eine Atmosphäre aus 1001 Nacht.

Von morgens bis abends arbeitet er dort. In seiner wenigen Freizeit kümmert er sich um seine Familie. Als ich ihn anrief, spielte er mit seinen beiden Töchtern.
Samstags kommt seine Familie manchmal mit ins Geschäft. Dann erleben sie dort einen Familientag. Seine beiden Söhne sind bereits Anfang 20, so alt wie er damals, als ich ihn als 30-Jährige kennenlernte.

Er erinnert sich an die erste große gemeinsame Feier der Ökumenischen Initiative im Gemeindehaus und dass wir gemeinsam mit dem Fahrrad zur 15 km entfernt gelegenen Kreisstadt Osterholz-Scharmbeck gefahren sind. Er und seine Freunde stellten sich dort in der berufsbildenden Schule vor. Sie wurden tatsächlich in eine Klasse für Metallverarbeitung aufgenommen.

Die Namen von zwei Lehrern fallen ihm sofort ein, die ihm sehr halfen. Doch nach sechs Monaten war die Hoffnung auf Weiterlernen und auf eine Ausbildung vorbei, weil dies für sie als Asylsuchende gesetzlich nicht vorgesehen war.
Khalil wird nie vergessen, dass einem der Lehrer die Tränen in den Augen standen, als er ihnen das mitteilen musste. Er vergisst auch nicht, dass sein Lehrer sagte: „Ich schäme mich, dass in Deutschland so etwas passiert, obwohl wir so viele Bildungsmöglichkeiten haben."

Für die jungen Männer bedeutete diese Absage eine weitere Zerstörung ihrer Hoffnung auf ein „normales" Leben. „Wir wollten unsere Zeit nutzen, nicht einfach Karten spielen und fernsehen", sagt Khalil.

Ich frage ihn nach seiner besten Erinnerung in Schwanewede. Er überrascht mich mit seiner Antwort. „Das waren die Altpapiersammlungen. Dass es so etwas in diesem kleinen Ort gibt, hat mir Kraft gegeben. Ich war perspektivlos und sensibel, und hier konnte ich etwas tun. Wir haben mit dem Erlös Augenkranken in Bangladesh geholfen. Das hat Sinn gemacht und ich konnte im Leben daran festhalten."

Khalil ist dankbar, dass er als Selbständiger für seinen Lebensunterhalt aufkommen kann und mit seiner Familie in Sicherheit lebt.
Doch er spürt Sehnsucht. „Ich sollte mehr geben für die Welt. Im Leben sind wir fähig, viel Gutes zu tun."

„Auch die Natur gibt", sagt er. „Ein Baum wächst, hat tolle Blätter, die Sauerstoff produzieren, er bietet Tieren ein Zuhause und schenkt Früchte."

Vielleicht ist es diese Sehnsucht, die mich von innen mit ihm verbindet.

„Mein Leben empfinde ich wie eine Wartezeit, wie ein Wartezimmer", fügt er nachdenklich hinzu.
„Wie schön wäre es, wenn alle auf der Welt vernünftig und bewusst leben würden. Es ist fast unmöglich."
Khalil wartet auf Frieden.

Durch sein Dasein, durch sein zutiefst menschliches Fühlen und Denken, hat er meinem Leben entscheidende Anstöße gegeben.

Dankbar beenden wir das Telefongespräch.
Ich bin froh, dass es ihn gibt.
Er gehört zu meinem Leben.

„Liebe deinen Nächsten wie dich selbst."

Wer soll unser Nächster sein?
Der Mensch, der unter die Räuber fiel?
Der Mensch, der sich seiner Zukunft beraubt sieht?
Soll der unser Nächster sein?

Diesen Menschen, wenn er dir begegnet,
beachte ihn, achte ihn
hilf ihm auf
begleite ihn
bis er sich selbst helfen kann.

Warte nicht!
Fang an!
Das kostet Kraft.
Das kostet Zeit.

Das schenkt neue Lebendigkeit.

Gedanken zum Gleichnis vom Barmherzigen Samariter
(Lukas 10,25-37)

Nachwort

Gudrun Pausewang wird neunzig Jahre alt. Als Schriftstellerin hat sie mich sehr geprägt, u.a. mit ihren Büchern „Die Not der Familie Caldera“ und „Ich gebe nicht auf“.

Auf Umwegen fand ich zu Beginn dieses Jahres eine Möglichkeit, ihr zu schreiben und sie um ein Vorwort zu bitten.
Sie antwortete zu meiner Freude postwendend:
„Ich traue mich durchaus, ein Vorwort zu schreiben, wenn ich mich an Ihrem Manuskript orientieren kann.“

Sofort schickte ich ihr, was ich bisher geschrieben hatte. Wie schnell sie ihre Worte dann handschriftlich auf Papier brachte, erstaunte mich sehr. Postwendend schrieb sie zurück. Ihre Gedanken irritierten mich und arbeiteten in mir. Wir tauschten uns darüber aus.

In einem weiteren Brief schrieb sie:
„Sie werden es nicht glauben, aber die Seniorinnen und Senioren interessieren sich brennend für unseren Briefwechsel! Das freut mich sehr. Wir brauchen auch die politische Meinung der Senioren in unserer Zeit!“
Auch dieser Gedanke bewegte mich, er ließ mich nicht los.

Ich gehöre ja selbst zu den Seniorinnen, bin schon seit fast zwei Jahren im sogenannten Ruhestand.
In der neu gewonnen freien Zeit kann ich einiges gelassener als vorher tun. Aber was ist denjenigen noch möglich, die im Seniorenheim wohnen?
Schon vier Wochen später erhielt ich eine Antwort auf diese Frage.
Das Leben präsentierte mir eine wahre Geschichte.

Der junge Liberianer Jerry arbeitet seit zwei Jahren in einem Seniorenheim in Schwanewede. Er liebt seine Arbeit, ist pünktlich und zuverlässig.
Täglich fährt er sieben Kilometer mit dem Fahrrad zur Arbeit und sieben Kilometer wieder zurück – bei Wind und Wetter und auch bei eisigen Temperaturen.

Auf Leistungen des Staates ist er nicht angewiesen. Er verdient seinen Lebensunterhalt selbst, findet Anerkennung und Sinn.

Doch er soll ausgewiesen werden. Sein Asylantrag wurde abgelehnt.
Als die Heimleitung und die Bewohner dies erfahren, können sie es zunächst nicht glauben und wollen alles dafür tun, dass Jerry bleiben darf.
Der Heimleiter setzt sich mit Behörden in Verbindung, weist auf den akuten Pflegenotstand hin und wendet sich an Radio Bremen.
Dieser Sender ist so interessiert, dass er sich umgehend zu einem Besuch anmeldet. Wenige Tage später wird die Sendung ausgestrahlt. Darin kommen meh-

rere Bewohnerinnen zu Wort. Sie haben etwas zu sagen. Sie nehmen Stellung und sprechen ins Mikrofon:

„Er ist freundlich und nett zu uns."
„Er ist immer ansprechbar und hat immer ein freundliches Lächeln."
„Es wäre schade, wenn er nicht mehr bei uns sein sollte."

Sie unterschreiben auf der im Seniorenheim ausgehängten Unterschriftenliste mit der Bitte:
„Jerry soll bleiben."

Sie geben nicht auf. So braucht auch Jerry nicht aufzugeben.

Ich freue mich, dass ich Gudrun Pausewang von diesem Erlebnis erzählen kann.

Das ist mein Geschenk zu ihrem 90. Geburtstag.

1.März 2018

Gudrun Chopin

Dank

Ich danke allen, von denen in den Geschichten die Rede ist. Nichts ist erfunden, alles wurde so erlebt.
Gemeinsam haben wir über die entstandenen Texte gesprochen, manches gestrichen und manches ergänzt.

Ich danke allen, die einige Geschichten oder sogar das gesamte Manuskript gelesen haben.
Neben Ermutigung erhielt ich Verbesserungsvorschläge, die nicht immer leicht umzusetzen waren.

Eine große Herausforderung bestand für mich darin, dem Buch eine Form zu geben. Danke für kompetente Hilfe und unendliche Geduld!

Ein herzlicher Dank auch an die Autorin Gudrun Pausewang für ihr Vorwort und an Kai Weber, den Geschäftsführer des Niedersächsischen Flüchtlingsrats, für seine Anmerkungen auf dem Buchrücken.
Dass beide auf meine Bitte sofort positiv reagiert haben, hat mir Flügel verliehen.

Raum für eigene Notizen

Über ein Echo auf mein Buch würde ich mich freuen.

Erlöse aus diesem Buch spende ich für die Arbeit mit Geflüchteten.

ISBN 978-3-7467-6189-3
9 783746 761893 00002
www.epubli.de